rororo

«Alexa Hennig von Lange hat sich selbst übertroffen. Mit diesem Roman untermauert die Autorin ihre Stellung als wichtigste zeitgenössische (und zeitgemäße) Autorin Deutschlands.» (Stadtblatt, Osnabrück)

«Auf der Suche nach dem wahren Glück stürzt sich Lelle in ein großes Abenteuer, das Abenteuer der Gefühle. Eine unserer schönsten Autorinnen hat einen wunderschönen Roman geschrieben. Einen Roman, der den Leser an etwas ganz Essenzielles erinnert – die erste Liebe! Heiter, ruhig, voller Poesie und ganz frisch erzählt.» (Bild am Sonntag)

Alexa Hennig von Lange, geboren 1973, zählt seit ihrem Deütroman «Relax» (rororo 22494) zu den erfolgreichsten Autorinnen ihrer Generation. Es folgten die Romane «Ich bin's», der Lelle-Roman «Ich habe einfach Glück» (rororo 22970) und «Woher ich komme» (rororo 23338) sowie das Kinderbuch «Mira reicht's» (rotfuchs 21297). 2002 wurde Alexa Hennig von Lange mit dem Jugendliteraturpreis ausgezeichnet. Zuletzt erschien ihr Roman «Warum so traurig?» (Rowohlt Berlin, 2005) Sie hat zwei Kinder und lebt mit ihrer Familie in Hannover.

www.alexahennigvonlange.de

Alexa Hennig von Lange

Erste Liebe

Roman

Rowohlt Taschenbuch Verlag

Veröffentlicht im
Rowohlt Taschenbuch Verlag,
Reinbek bei Hamburg, Februar 2006

Umschlaggestaltung any.way,
Cathrin Günther (Foto: Oliver Helbig)
Druck und Bindung Clausen & Bosse, Leck
Printed in Germany
ISBN 13: 978 3 499 23799 7
ISBN 10: 3 499 23799 7

Erste Liebe

Leute, ratet mal, wo ich neuerdings wohne! Im Hinterzimmer von Papas Geschäft. Tatsächlich! Da sitze ich jetzt, im 4. Stock auf dem Fensterbrett, rauche Zigaretten und lasse die Beine in den grünen Hinterhof baumeln. Rundherum auf den Balkonen klappern die Leute mit ihrem Geschirr für das Abendessen, die Vögel zwitschern unter mir in den Ästen, die Kirchturmglocken läuten vor dem Haus. Diese Ruhe zündet richtig rein. Vor allen Dingen, weil ich mein halbes Leben damit verbracht habe, mir das Gezeter von meiner Familie reinzuziehen und aufzupassen, dass die sich nicht gegenseitig umbringen. An diese Stille muss ich mich erst noch gewöhnen. Keiner will was von mir, niemand sitzt heulend auf meiner Bettkante. Ich bin ganz allein. Fast ist es mir ein bisschen zu still.

Im Fensterrahmen, neben meinem nackten Fuß, liegt eine tote Fliege, die sagt auch nichts mehr, und hinter den gegenüberliegenden Dächern geht langsam die Sonne unter. Das könnte Glück bedeuten. Tut es aber nicht, weil Arthur fehlt. Wäre er hier, könnte er jetzt seinen Arm um mich legen, sagen: «Ich find's schön.» Ich würde sagen: «Ich auch.» Wir könnten raus in den Hinterhof sehen und denken: «Das gehört alles uns.» Sobald es draußen dunkler geworden ist, würden wir uns aufs Bett, unter meine Decke legen. Ich könnte flüstern: «Mir ist warm.» Mein Freund Arthur würde flüstern: «Dann zieh doch dein T-Shirt aus.»

Ich ziehe die Knie dicht zu mir heran, zünde mir eine neue

Zigarette an und habe Arthur genau vor Augen, wie er hinter der Glasscheibe kurz vor seinem Abflug steht. Nur zwei Zentimeter von mir entfernt, mit seinem geringelten T-Shirt, seinen Haaren, die ihm fast bis zur Schulter reichen, seinem sanften Lächeln, meinen Arthur-Augen. Alles an ihm war meins, ich war seins. Dann ging er den Gang hinunter und verschwand.

Natürlich hat Arthur mich nicht vergessen. Er schickt mir Fotos, auf denen er lachend vor irgendwelchen Lehmhütten steht. So glücklich habe ich ihn noch nie gesehen. Das ist jetzt *sein* Glück. Ich nehme es ihm nicht übel. Ich weiß, dass er mich noch liebt. Über meinem Bett hängt er: großkopiert, schlammverschmiert, mit lachenden schwarzen Kindern, die, wie er, nichts anhaben außer einem Paar kurze Hosen. Ich erinnere mich, wie es war, mit ihm zusammen auf seinem Hochbett zu sitzen, Musik zu hören, ein paar Zigaretten zu rauchen. Das war schön. Damals dachte ich: Nun ist Arthur meine Familie. Aber daraus ist nichts geworden, weil er nach Afrika geflogen ist. Zu unserer Partnergemeinde in Simbabwe, um für arme Kinder Hütten zu bauen. In meiner Vorstellung legt er seine Arme um mich, zieht mich an sich und singt leise in mein Ohr: «When you love me, dilly, dilly, I will love you.» Mein Kopf an seiner Schulter, ich schließe die Augen, und seine Hand nimmt meine.

Ich werfe den Zigarettenstummel runter in den Hinterhof, rutsche von der Fensterbank ins Zimmer. Nicht noch einmal zu der Arthur-Kopie sehen! Darum gehe ich raus, in den dunklen Flur, gehe weiter, weil alles weitergeht. Das habe ich von Arthur, der schon früh ohne seine Eltern zurechtkommen musste. Die sind nämlich gestorben, als er noch ein Kind war. Trotzdem weiß ich nicht so richtig, was ich anfangen soll, ich meine, eigentlich habe ich viel zu tun: Haare waschen, Musik hören, in den Chor gehen, mich mit meiner Freundin Tessi treffen, bisschen Schule, Hausaufgaben. Aber der Sinn ist verloren gegangen, ich habe niemanden, mit dem ich mein neues Zuhause teilen könnte, so eine Art Ehemann. Ich meine, ich will nicht heiraten, das meine ich nicht, eher jemanden, der weiß, wer ich bin. So, wie Mama. Die kennt mich ganz genau, aber ich will ja nicht, bis ich neunzig bin, an Mama kleben. Irgendwann im Leben verspürt man eben das Verlangen, die alte Familie gegen eine neue auszutauschen.

Ich gehe weiter, durch die dämmrigen Büroräume, vorbei an den verlassenen Arbeitstischen, den Regalen voller gelber Aktenordner, Papas Pflanzen. Das Parkett knarrt, es riecht nach aufgelöstem Würfelzucker in warmer Milch. So hat es hier schon immer gerochen. Wahrscheinlich, weil Papa bei der Arbeit gerne in süßer Milch gequollenes Müsli isst.

Im vordersten Raum öffne ich die angekippte Balkontür, trete hinaus. Zwischen Papas Pflanzenkübeln bleibe ich stehen und sehe hinüber zur Kirche. Dahinter liegt der Stadtwald im Abenddämmer. Früher, als meine Schwester und ich klein waren, sind wir mit Mama oft hinübergegangen, haben auf dem Abenteuerspielplatz mitten im Wald gespielt. Zwischen den Bäumen würde ich jetzt gerne mit Arthur spazieren gehen.

Ich steige auf einen umgedrehten Eimer, beuge mich über die Brüstung mit den orangen Blumen, unten holpert ein Auto übers Kopfsteinpflaster. Ich versuche zu spüren, wie es wäre, da unten zu liegen. Vor dem Hauseingang, auf dem Bauch, ein paar Büsche um mich herum. Schön wäre das. Dann wüsste Arthur, wie sehr ich ihn vermisse. Trotzdem springe ich nicht. Lohnt ja nicht. Arthur würde es sowieso nicht im entscheidenden Moment mitkriegen. Vielleicht in fünf Wochen, wenn so eine Karte mit schwarzer Umrandung bei ihm in der Lehmhütte eintrifft. Zu diesem Zeitpunkt wäre ich dann schon fast vergammelt. Also wieder runter vom Eimer, ich taumle rückwärts über die Türschwelle nach drinnen. Da stehe ich, sehe mich um im kühlen Raum. Große Arbeitstische, bedeckt mit Aktenordnern. Alle sind gegangen: Mama, Papa, Frau Mus. Haben mich hier gelassen, damit ich weiß, wie es ist, allein zu wohnen. Mit Arthur wäre es schöner. Ich mache einen Schritt, sehe meine nackten Füße auf dem Parkett, über das ich schon als kleines Mädchen mit den Bürostühlen gerollt bin.

Morgens kommen sie alle wieder: Mama, Papa und ihre Angestellten. Die meisten von ihnen halten nicht mal die Probezeit durch, weil Papa ständig rumschreit: «Sie sind eine Null!» Einmal hat Frau Mus deswegen sogar geweint: «Noch nie ist jemand so schlecht mit mir umgegangen wie Ihr Mann.» Und Mama musste sie heimlich in der Küche trösten: «Wir sind trotzdem dankbar, dass Sie für uns arbeiten.» Frau Mus ist die Einzige, die es in Papas Geschäft schon seit Jahren aushält. Zum Ausgleich raucht sie Kette auf dem Balkon. Mama muss aber auch ganz schön die Zähne zusammenbeißen, weil Papa sie gerne mal vor den Probezeitlern als «dumme Nuss» bezeichnet.

Ich mache noch einen Schritt, gehe durch alle Räume, zurück ins Hinterzimmer, wo nur mein Bett steht, ein paar Kartons als Ablagefläche und ein Strauß Strohblumen in so einer selbst getöpferten Vase von Mama. An der Wand hängt Arthur, lächelt fröhlich auf mich herunter. Und ich sage: «Ich vermisse dich.»

Heute Abend veranstaltet meine Freundin Tessi eine Party im Wohnzimmer ihrer Mutter, wo dieses große Aquarium steht. Lila beleuchtet, dazu geklöppelte Deckchen auf den Tischen, Zinnteller an den Wänden und so weiter. Das wird richtig langweilig. Mit Tessi ist nichts los, außer dass sie gewaltige Brüste hat. Mein lieber Schwan! Ich kann nicht begreifen, wie man so brav sein kann, vor allen Dingen, wenn man aus so wirren Verhältnissen kommt. An ihrer Stelle würde ich richtig randalieren, ihre Mutter war nämlich schon zweimal verheiratet und ihr Vater auch. Trotzdem mag ich Tessi gerne, weil sie immer freundlich ist und ich ihr alles erzählen kann, was familiär gerade wieder schief läuft. Tessi wundert nichts mehr, die kennt das alles von ihrem Zuhause. Darum weiß Tessi alles über mich, und ich weiß alles über sie. Besonders über ihren Vater. Der hat gerade eine heimliche Affäre mit der besten Freundin ihrer Mutter laufen. Das hat mir Tessi letztes Mal im Chor gesteckt, wo wir nebeneinander sitzen. Bei diesem Spießer-Verein haben wir uns übrigens auch kennen gelernt. Und genauso spießig wird ihre Party: mit klassischer Musik, Schnittchen und moralisch einwandfreien Leuten, die keine Zigaretten rauchen, sich über ihre Schulaufgaben unterhalten und gebügelte Blüschen anhaben. Das ist nicht mein Feld. Ich will das Leben spüren! Ich sage nur: Live fast, die young! Den Spruch hat jemand unten an Papas Garagentor gesprüht. Na ja. Trotzdem gehe ich hin, weil ich nicht weiß, was ich sonst machen soll.

Auf der Türschwelle vor Tessis Haus hockt ein Junge mit langen Haaren, offenem Hemd und Zigarette. Ich würde sagen, so eine Art Rock-'n'-Roll-Freak! Also genau mein Typ. Darum wäre es gut, wenn er mich wahrnehmen würde, bevor ich es mir oben mit den Langweilern gemütlich mache. Mehr will ich gar nicht. Nur, dass er mich sieht und weiß, dass es mich gibt. Keine Ahnung, was mir das bringt, denn ich bin ja schon an Arthur vergeben. Vielleicht, dass meine Jugend nicht verschenkt ist. Ich meine, ein Kunstwerk hängt man ja auch an die Wand, damit die Leute es bestaunen können. Also bleibe ich vor ihm stehen, und er blinzelt zu mir nach oben.

«Hi.»

Ich gucke ihm gleich mal in die Augen, um zu prüfen, ob sich seine Pupillen weiten. Ich habe nämlich irgendwo gelesen, dass das passiert, wenn man jemanden erregend findet. Leider hängen ihm zu viele Haare vor dem Gesicht, sodass der Test missglückt. Auch sonst deutet an seinem Verhalten nichts darauf hin, dass er mich umwerfend findet. Er rückt stumpf zur Seite, und mir bleibt nichts anderes übrig, als an ihm vorbei ins dunkle Treppenhaus zu gehen, bis in den zweiten Stock. Mann, mit dem hätte ich gerne den Abend verbracht. Der sah so richtig verrucht und gefährlich aus. Aber was soll ich machen? Ich kann ihn ja nicht einfach ansprechen und sagen: «Na, heute schon was vor?» Eins ist auf jeden Fall schon mal klar: So einen Typen treffe ich nie wieder. Der war eine echte Rarität.

Oben steht die Wohnungstür offen, und Tessis Mutter lehnt mit einer Zigarette zwischen den Fingern und knallrotem Lippenstift im Rahmen. Ich nehme an, sie hat schon ordentlich was getrunken. Eigentlich ist sie immer betrunken.

«Lelle, schön, dich zu sehen. Tessi wartet schon auf dich.»

«Guten Abend, Frau Jäger.»

«Geh rein, und nimm dir was zu trinken.»

Gerade als sie mich umarmen will, wird sie von einem zweiten Jungen mit langen Haaren zur Seite gedrückt. Sie stolpert rückwärts ins Badezimmer rein, und hier scheinen echt alle Jungs lange Haare zu haben. Wahnsinn! Der reinste Axl-Rose-Kongress ist das. Solche Männer habe ich Tessi gar nicht zugetraut, weil die eigentlich eher auf Piefköpfe mit Seitenscheitel und Brille steht. Eben so milchige Typen wie ihr Freund. Total unbelasteter Charakter. Der Junge mit den langen Haaren rennt an mir vorbei, die Treppen runter, und von drinnen ruft jemand: «Barry! Barry!» Aber der Junge rennt weiter und brüllt: «Jetzt nicht.»

In der Wohnung ist es voll. Überall stehen Leute mit langen Haaren und Bierflaschen in den Händen. Besonders im Wohnzimmer. Leute, das ist der Hammer! Hier ist kaum jemand, den ich kenne. Ich dachte, die ganze Chorbelegschaft rückt an. Von wegen! Höchstens zwei, drei Mädchen sind anwesend, der Rest sind harte Jungs mit Zigarettenpäckchen im T-Shirt-Ärmel. Leute, ich bin in Rock-City gelandet! Durch dieses Gerammel kommt mir Tessi entgegen, und ich muss sagen, sie sieht schlimm aus: Rotes Samtkleid mit goldener Stickerei über die Brust. So was würde ich nicht mal zu Fasching anziehen. Sie drückt mich fest an sich, ich drücke zurück, und dabei glotze ich direkt auf die goldene Stickerei, die sich über die Schulter nach hinten auf den Rücken ausweitet, und das Ganze riecht nach Mottenkugel.

«Wer sind diese Leute?»

«Keine Ahnung. Die sind mit der Band mitgekommen.»

«Welche Band?»

«Blockshock. Die spielen gleich.»

«Aha.»

«Die bauen nur noch schnell auf.»

Dann lässt sie mich wieder stehen, weil noch mehr Leute ankommen, ihr auf die Stickerei klopfen und sagen: «Barry hat gemeint, wir sollen kommen.» Um nicht albern rumzustehen, verdrücke ich mich in die hinterste Zimmerecke, gucke zu, wie die Jungs mit den langen Haaren ein Schlagzeug am Aquarium vorbeischleppen und im Erker zwischen den Palmen aufbauen. Danach kommen die Verstärker, Kabel werden über den Teppich geworfen, und dabei fliegt auch schon die erste Bierflasche um. Barry gibt ihr einen Tritt, stöpselt seine Gitarre ein, spielt gleich mal ein paar Akkorde. Die angeschlagenen Töne wummern um unsere Köpfe, in der Anrichte klirren die Gläser, und ich weiß: Meine Schwester Cotsch würde alles dafür geben, hier zu sein. Ich sage euch, hier vibriert die Luft. Leute, das ist Leben! Barry wirft seine Haare nach hinten, auf dem Oberarm hat er eine große grüne Tätowierung: ein Drache. Oh Mann, das zündet richtig rein! Aber das Beste ist: Der Junge von draußen sitzt am Schlagzeug, die Trommelstöcke im Anschlag. Er hat mich im Blick, ich habe ihn im Blick, also winke ich ihm zu, und genau in diesem Moment stellt sich der Sänger mit dem Jack-Daniels-T-Shirt und den langen Locken zwischen uns. Er brüllt in sein Mikrophon: «You are in the jungle, Baby!» Und dann geht es richtig los. Alle bis auf mich und ein paar Trantüten schleudern ihre Köpfe im Kreis, stampfen mit den Füßen auf, springen hoch bis zur gläsernen Hängelampe. Tessi quetscht sich zu mir durch, und ich schreie in ihr Ohr:

«Darf man hier rauchen?»

«Klar.»

«Woher kennst du Blockshock?»

«Aus meiner Klasse.»

«Alle?»

«Bis auf den Sänger, der ist eine drunter.»

Ich lasse mir die Ohren von langhaarigen Jungs mit Gitarren und Jack-Daniels-T-Shirts wegdröhnen. Das tut gut. Um mich herum schubsen sich die Gäste in die Regale, gegen das Aquarium, und mein Freund, mit dem ich noch nie geschlafen habe, matscht in Afrika mit Lehm rum. Das kotzt mich so was von an, doch zum Ausgleich finde ich den Schlagzeuger ziemlich attraktiv. Irgendwie erinnert er mich an Arthur, vielleicht wegen seiner Frisur. Aber auch sonst ist er mir sympathisch. Die Blätter der Topfpalme hängen ihm ins Gesicht, und er drischt trotzdem weiter auf seine Trommeln ein. Zauberhaft, wirklich ganz zauberhaft!

«Wie heißt der Schlagzeuger?»

«Marcel … ist schon zweimal sitzen geblieben.»

«Aha.»

Leider gesellt sich Tessis langweiliger Freund «Brille» zu uns, sodass ich nicht mehr weiterfragen kann. Gleich legt er besitzergreifend den Arm um sie und schmust so Dirty-Dancing-mäßig mit ihr rum. Tessi kichert verlegen, und ich frage mich, ob Brille das nicht auf später verschieben kann. Der Typ ist richtig daneben. Trotzdem hat sich Tessi letztes Wochenende mit ihm bei Tortellini und einem Glas Rotwein «verlobt». Das hätte sie sich echt sparen können. Speziell bei diesem Piefkopf. Sobald ich den sehe, werde ich richtig müde. Aber Tessi behauptet: «Der Sex ist granatenmäßig.» Wenn sie meint. Ich will mir lieber nicht vorstellen, wie Brille an ihren großen Brüsten rummacht. Der ist bestimmt pervers. Solche Typen sind immer pervers. Das weiß ich von Cotsch. Die hat auch schon ihre Erfahrungen mit solchen Piefköpfen gemacht. Na ja. Ist zum Glück nicht meine Sache.

Als die Jungs mit ihrem ersten Lied fertig sind, klatscht Tessis Mutter hysterisch in die Hände und stürzt sich auf den geschockten Sänger, um ihm einen Kuss ins Gesicht zu drücken. Die Lady hat Mut, das kann man sagen. Tessi meint: «Sie ist eben Alkoholikerin.» Und als Nächstes redet Tessi schon wieder von ihren Hochzeitsplänen und zeigt mir ihren zweifelhaften Verlobungsring. Ich nicke nur und sage: «Toll!» Ich will ihr ja nicht die Freude nehmen. Ist doch schön, wenn jemand an die ewige Liebe glaubt. Seit ich denken kann, sagt meine Mutter zu mir und meiner Schwester: «Heiratet bloß nicht, Kinder!» Und wenn ich mir meine Eltern so ansehe, ist das ein guter Tipp. Außerdem weiß ich sowieso nicht, wen ich heiraten sollte. Arthur ist in Afrika, und in seinen Briefen steht, dass er noch tausend Brunnen und Hütten bauen will. Ich freue mich echt für ihn, dass er etwas gefunden hat, was ihn ausfüllt. Das ist das Beste, was einem passieren kann. Mama sieht das genauso, darum hat sie mir neulich braune Wolle mitgebracht und gemeint: «Häkel doch mal wieder. In der Grundschule hat dir das doch so viel Freude gemacht.» Also habe ich ihr zuliebe ein paar Maschen aufgenommen und losgehäkelt. Das ist richtig was für Vollidioten, aber Mama war ganz glücklich: «Siehst du, nun hast du etwas, was dir Spaß macht.» Der Scheiß liegt jetzt irgendwo in einer Plastiktüte in der Zimmerecke. Wenn ich echt nicht mehr weiterweiß, kann ich mir ja die Nadel nehmen.

Gerade als ich so richtig in meinen Todesgedanken aufgehen will, passiert die Sache mit dem Aquarium. Ein Klumpen von Leuten fliegt dagegen, und das Ding kippt vom Gestell. Eine riesige Welle mitsamt den Fischen schwappt direkt ins Bücherregal, alles ist voller Wasser, besonders unsere Schuhe. Manche Gäste kriegen es trotzdem nicht mit, weil sie so wild am Rumtanzen sind. Die Band merkt auch nichts. Die spielen weiter «Knocking on Heaven's Door», bis Frau Jäger den Stecker zieht und mit heiserer Stimme schreit: «Die Fische ertrinken! Äh, ersticken!» Da schnallen sogar die Jungs von Blockshock, dass was nicht in

Ordnung ist, und lassen ihre Klampfen sinken. Das Licht geht an, und alle, bis auf mich und ein paar Trantüten, verpissen sich in Windeseile, so als hätten sie sich abgesprochen. Weg sind sie. Da stehen wir, die Übriggebliebenen, knöcheltief in der Algensauce: Tessi, ihre Mutter, ihr Verlobter, ich und die Trantüten. Um unsere Füße zappeln die Fische, und als ich einen Schritt zurück mache, trete ich leider auf einen kleinen drauf. Live fast, die young, sage ich nur.

Tessis Mutter gibt uns Plastikschüsseln, gefüllt mit Wasser, damit krabbeln wir über den überschwemmten Boden. Die Stimmung ist angespannt, hier geht es um Sekunden! Überall zappeln Fische, und wenn man endlich einen hat, glitscht er einem sofort wieder weg. Schade, dass nicht wenigstens der Schlagzeuger geblieben ist, Arthur hätte auf jeden Fall geholfen. Ganz hinten, unterm Sofa, bewegt sich auch noch ein kleiner Freund. Den will ich retten, um den Tod des anderen zu sühnen. Obwohl der Teppich nass ist, lege ich mich darauf, strecke den Arm aus, mein Kopf ist auch schon unter dem Sofa, da kommt noch das Gesicht vom Schlagzeuger dazu. Genial!

«Soll ich dir helfen?»

«Äh, ja … Dahinten an der Wand ist noch ein Fisch.»

«Rutsch mal zur Seite.»

Das mache ich. Wir stecken beide unter dem Sofa und retten einen Fisch. Leute, das ist großartig! Marcel kriegt ihn zu fassen, schließt die Faust und draußen, vor dem Sofa kniend, schenken wir ihm in meiner rosa Schüssel das Leben.

«Danke.»

«Wie heißt du?»

«Lelle.»

«Ich bin Marcel.»

«Ich weiß.»

Dieses Sich-gegenseitig-die-Namen-Sagen kommt mir vor, als würden sich Dschungel-Bewohner das Sprechen beibringen:

Ich: Lelle. Du: Marcel. Und wie im Dschungel robben wir weiter durch den Morast und fangen Fische mit den Händen. Das hat echt was von so einer Art Überlebenskampf. Zum Schluss, als wir keinen Fisch mehr finden, stellen wir unsere Rührschüsseln mit den Geretteten vor das Klavier, und Tessis Mutter zählt die Übriggebliebenen. Einige fehlen noch, aber wir wissen alle, dass die unter den Sohlen der verschwundenen Partygäste kleben. Da kann man nichts machen. Unter dem Bücherregal liegt auch noch einer, den habe ich da drunter geschubst. Es ist der, auf den ich vorhin getreten bin. Das verrate ich besser nicht, weil Marcel neben mir auf dem Teppich kniet und mich für seine Heldin hält. Bin ich ja auch, schließlich habe ich mindestens zehn Fische wieder belebt. Das soll mir erst mal einer nachmachen. Weil ich gerade so gut in Schwung bin, helfe ich noch mit, Handtücher auf dem Boden auszubreiten, um die Feuchtigkeit aufzusaugen. Dabei müssen wir uns auch beeilen, die Nachbarn sind nämlich schon von unten hochgekommen, weil bei ihnen das Wasser von der Decke auf die Möbel tropft. Das ist natürlich richtig ärgerlich. Papa würde ausflippen, wenn das seinen Möbeln passieren würde. Die sind nämlich sein Heiligtum und stehen in einem Museum für Möbel aus der Kolonialzeit. Bei allem, was sich bei meinen Eltern im Haus befindet, behauptet Papa, dass es in einem Museum für Möbel aus der Kolonialzeit steht. Darum dürfen meine Schwester Cotsch und ich uns nirgendwo ohne Überdecke draufsetzen. Papa sagt: «Ihr macht nur Flecken auf die Ledersitze.» Na ja. Marcel nimmt mir die feuchten Tücher ab, schleppt sie ins Bad und wringt sie über der Badewanne aus. Danach breite ich sie wieder über den Teppich und sauge auf. Alle machen das so, und es ist eine sehr stille Arbeit. Niemand redet. Alle saugen und wringen, und als nichts mehr zu saugen ist, stellen Marcel und Brille die Reste vom Aquarium raus auf den Balkon. Dabei wedelt Tessis Mutter mit ihren Händen in der Luft rum und ruft: «Schneidet euch bloß nicht, Männer!»

Aber da ist es auch schon passiert. An Marcels Arm rinnt das Blut herunter und tropft auf den nassen Teppich. Sofort soll ein Krankenwagen gerufen werden, doch Marcel schüttelt den Kopf und meint: «Nee, danke. Ist nicht nötig.» Tessis Mutter will trotzdem, darum nehmen Marcel und ich uns schnell bei der Hand und sagen:

«Tschüs, wir gehen.»

Im Flur drückt sich Tessi mit Brille rum und lässt sich von ihm betütern. Kurz denke ich, ich sollte zu ihr hingehen, was Aufmunterndes sagen, aber Brille gibt mir dieses Daumen-Zeichen, dass er alles unter Kontrolle hat. Ist mir auch lieber so. Ich will hier echt weg, vor allen Dingen, weil es sich Tessis Mutter gerade im Badezimmer auf dem Wannenrand gemütlich macht und am ganzen Körper zittert. Die Haare kleben ihr in nassen Strähnen auf der Stirn, ihre schwarze Perlonstrumpfhose hat Laufmaschen, und zwischen ihren Fingern glimmt eine Zigarette. Ich glaube, für diese Leute kann nichts mehr getan werden. Die müssen es jetzt alleine schaffen. Hauptsache, wir kommen durch. Das könnte allerdings schwierig werden, die Wohnungstür ist nämlich mit den Wohnzimmermöbeln verbarrikadiert. Marcel geht vor, zieht kräftig an der Klinke, die Stühle poltern gegeneinander, und da ist dieser Spalt, durch den wir uns quetschen.

«Los, komm!»

Marcel nimmt meine Hand, ich knipse das Licht an, und schon laufen wir die Treppen hinunter, so, als hätten wir Sorge, dass uns doch noch jemand zurückpfeifen könnte.

Unten im Hausflur merken wir, dass der Schnitt im Arm doch ein bisschen tiefer ist als gedacht. Das Blut kleckst in dicken Tropfen auf die grünen Fliesen, und ich bin echt froh, dass Marcel sich sein feuchtes Hemd auszieht, um die Wunde abzubinden. Jetzt steht er mit nacktem Oberkörper vor mir, um seinen Hals baumelt ein Amulett, an seinem Finger steckt ein großer, silberner Ring. Sehr schön. Sowieso hat er schöne Hände. Darauf achte ich immer als Erstes. Zum Glück habe ich auch schöne Hände. Und schöne Füße. Ich lächle, obwohl meine Hose und das T-Shirt nass am Körper kleben, und bei Marcel macht die Hose das Gleiche. Wir sollten uns dringend etwas anderes anziehen, man weiß ja noch von früher, dass man sich in nassen Kleidern eine Lungenentzündung holt. Gerade als ich denke: «Hier trennen sich unsere Wege», lächelt Marcel zurück und meint: «Wohnst du hier in der Nähe?»

Ich schließe die Bürotür auf und lasse das Licht ausgeschaltet, weil ich den Anblick von Aktenschränken und Arbeitstischen gerade nur schwer ertragen könnte. Im Dunkeln tasten wir uns an der Flurwand entlang, ins Hinterzimmer. Da sorge ich schnell für leise Musik, zünde eine Kerze an, mache es mir wieder auf der Fensterbank bequem, während Marcel an der Tür stehen bleibt und als Erstes das Arthur-Bild über meinem Bett entdeckt.

«Ist das dein Freund?»

«Ja. Aber der ist gerade in Afrika.»

«Was macht er da?»

«Lehmhütten bauen.»

«Aha.»

Er macht ein paar Schritte ins Zimmer, streicht sich mit so einer verruchten Geste die Haare zurück. Leute, Axl Rose ist bei mir zu Hause! Ich meine, habt ihr den schon mal tanzen sehen? Kein Zweiter kann so mit den Hüften kreisen! Wenn ich nur daran denke, zieht's mir schon im Unterleib. Ich sage euch, der Freak hat ordentlich Sex im Blut. Der weiß genau, wie der Hase läuft. Bei so einer Bums-Nummer würden sogar meiner Schwester Cotsch die Ohren schlackern. Und ich schätze, Marcel hat auch ein paar von diesen Tricks auf Lager. Auf jeden Fall hängt er schon mal seine Jacke über meinen Bettpfosten, das heißt, er ist obenrum nackt! Jetzt muss nur noch eine vertrauensvolle Basis geschaffen werden. Die ist wichtig, wenn man sich näher kommen will. Glaubt mir, Vertrauen ist echt alles. Ich könnte ihn zum Beispiel auf seine Verletzung ansprechen, aber er scheint sich mit dem voll gebluteten Hemd am Arm ganz wohl zu fühlen. Also lasse ich ihn mit dem Thema in Ruhe. Ich will ihn ja nicht bedrängen. Immer schön entspannt bleiben. Ich ziehe an meiner Zigarette und sehe hinunter in den Hinterhof. Auf den Balkonen sitzen die Nachbarn, unterhalten sich leise, die letzten Amseln zwitschern, und es zündet so was von rein, dass Marcel bei mir ist. Im Hinterzimmer von Papas Geschäft! Welcome to the jungle, sage ich nur. Im wahrsten Sinne des Wortes, wenn man sich mal vor Augen führt, wie viele Pflanzen hier rumstehen. Marcel macht die Zimmertür zu, kommt langsam durch den nächtlichen Schimmer, steht dicht neben mir. Sein umwickelter Arm berührt meinen Arm, und so sehen wir gemeinsam hinunter in den Hinterhof, hören die Stimmen, die Amseln, und wissen, es ist Sommer, und wir sind nicht allein.

«Wie lange bleibt dein Freund noch in Afrika?»

«Keine Ahnung. Wahrscheinlich für immer.»

«Vermisst du ihn?»

«Manchmal.»

«Liebst du ihn?»

«Ich denke schon.»

«Und liebt er dich?»

«Klar.»

Marcel sieht mich an, ich sehe ihn an. Still ist es in diesem Augenblick. Still ist es zwischen uns, leise, ganz leise. Was ist das zwischen uns? Das, was gerade über unsere nackten Arme huscht, mich zittern lässt? Darf ich das hören? Diese Worte, die da kommen könnten? Am Fenster, in kühler Abendluft. Was führt uns hier zusammen? Vielleicht unsere nassen Kleider.

«Willst du auch eine trockene Jeans?»

«Hast du noch eine?»

Logo! In der Zimmerecke liegt ein ganzer Haufen Jeans. Die habe ich gerade zum Kilopreis bei Kaufrausch erstanden, diesem Secondhandladen, in den ich eigentlich nicht reingehen soll. Mama hat was gegen gebrauchte Kleidung, sie meint, dass da gefährliche Bakterien drin hängen. Ich sage immer: «Das ist doch alles gewaschen.» Aber sie ekelt sich trotzdem. Da kann ich ihr leider auch nicht helfen, ich bin alt genug, um zu wissen, worauf ich mich einlasse, und bis jetzt bin ich noch nicht krank geworden. Eine Jeans lege ich neben Marcel aufs Fensterbrett, die andere ziehe ich an. Er soll mich ruhig in Unterwäsche sehen. Sowieso ist hier im Dämmer nicht viel zu erkennen.

«Kannst du mir helfen?»

Marcel hält seinen umwickelten Arm hoch, als Zeichen, dass er damit nichts anfangen kann. Tja, Leute, was macht man da? Ich habe noch nie einem Jungen die Hose aufgeknöpft, und wenn ich mal bei Arthur übernachtet habe, hat der das selber übernommen. Die Unterhose hat er sowieso anbehalten, weil er meinte, dass wir uns mit dem Sex schön viel Zeit lassen könnten. Vielleicht hätte ich ihm doch mal zur Hand gehen sollen, dann hätten wir jetzt nicht das Dilemma, dass ich noch Jungfrau bin. Ich meine, sexuell gesehen. Nicht körperlich. Da habe ich vor einiger Zeit schon mal nachgeholfen, damit es beim ersten Mal nicht wehtut. Von mir aus könnten Marcel und ich sofort loslegen. Trotzdem ziehe ich ihm die nassen Jeans vorsichtig nach unten, ich heiße ja nicht Cotsch! Die würde die Sache natürlich anders angehen: Runter mit den Hosen und erst mal einen blasen. Das ist nicht mein Stil. Meine Philosophie ist: Immer schön eins nach dem anderen. Erst mal bringen wir die Sache mit der Hose zu Ende, dann sehen wir weiter. Ich gehe ein bisschen in die Knie und halte Marcel die trockene Jeans hin, damit er reinsteigen kann. Wie Mutter und Kind fühlt sich das an: «Komm, mein Kleiner, steig in deine Strampelhosen!» Das ändert sich aber schlagartig, als ich das Ding nach oben ziehe und mich ans

Zuknöpfen machen will. Leute, die Angelegenheit überlasse ich doch besser ihm.

«Äh … wollen wir uns aufs Bett setzen?»

«Ja, warum nicht?»

Woanders kann man sowieso nicht sitzen. Außer auf dem Boden, aber dafür sehe ich keinen Grund. Betten sind immer gut, wenn man sich näher kommen will. Ich stopfe uns zwei Kissen in den Rücken, die Musik läuft, Marcels Hand streift meinen Oberschenkel, genau die richtige Stimmung, um ihm ein Angebot zu machen:

«Soll ich dir was vorsingen?»

Aus Erfahrung kann ich sagen: Das zündet richtig rein! Als ich Arthur das erste Mal was vorgesungen habe, hat er gleich danach gemeint: «Ich liebe dich.» So was in der Art könnte ich jetzt auch gebrauchen. «Ich liebe dich.» Wäre nicht schlecht. Na ja, oder: «Du siehst verdammt gut aus!» Solche Geständnisse hört ja jeder gerne. Speziell, wenn man sich einsam und verlassen fühlt. Los geht's! Ich singe!

«Dann müssen wir aber die Musik ausmachen.»

Marcel rutscht nach vorne bis zur Bettkante, streckt seinen heilen Arm in Richtung Kassettenrecorder und drückt auf den Tasten herum. Die Sekunden nutze ich, um ihn unbemerkt zu beobachten. Sein Rücken ist glatt, er hat ziemlich ausgeprägte Muskeln. Nicht zu doll, aber er sieht kräftig aus, so, als könnte er einen gut umarmen: «Ich liebe dich.» Das habe ich echt schon lange nicht mehr gehört. Mama sagt zwar dauernd: «Ich hab dich lieb.» Aber nur, weil sie niemanden hat, dem sie das sonst sagen könnte. Würde sie zu Papa sagen: «Ich liebe dich!», würde er nur sagen: «Ach, lass doch den Quatsch.» Papa ist echt unsensibel. Ganz anders als Arthur. Der war immer sehr sensibel, und Marcel kommt mir auch sensibel vor. Das ist wahrscheinlich einfach eine andere Generation von Männern, die ihre Gefühle besser zeigen können. Da ist es nur gut, einen von ihnen hier zu haben. Marcel sitzt wieder neben mir, so dicht, dass sich unsere nackten Arme berühren. Ich mache die Augen zu, und dann singe ich sehr leise, sehr sanft, sodass ich davon selber eine richtige Gänsehaut bekomme:

Durch dich
wird diese Welt erst schön,
so schön,
dass jeder Tag, den du mir schenkst,
ein Sonntag ist.

Den Song habe ich von einer alten Schallplatte, die uns meine Tante mal vor ewigen Zeiten mitgebracht hat. Da sind nur solche Liebeslieder drauf, die kann ich alle auswendig, weil ich das Ding früher so oft gehört habe, dass Mama fast gekotzt hätte. Ich singe den Song gleich ein paar Male durch, damit er seine volle Wirkung entfaltet, und ehe ich mich's versehe, liegt Marcels verletzte Hand auf meinem Oberschenkel. Das reicht, um mich innerlich zum Ausflippen zu bringen. Darum singe ich erst mal wie so eine kaputte Platte weiter, bis mein Mund komplett ausgetrocknet ist und ich nicht mehr kann. Marcels Hand rutscht etwas höher. Jetzt würde es wirklich gut passen, zu stöhnen: «Nimm mich.» Cotsch sagt: «Das haut voll rein!» Und sie muss es ja wissen. Die hatte schon mit allen Jungs von ihrer Schule was. Manchmal auch mit zweien parallel. Die macht mit jedem rum, und danach tritt sie denen so was von in den Arsch. Das ist eine richtige Sucht bei ihr. Cotsch sagt: «Ich hasse alle Männer!» Wahrscheinlich liegt das an der Geschichte mit Antoine, ihrer großen Liebe. Der hat ihr damals unvorhergesehenerweise in den Arsch getreten. Das kann man sagen! Danach war Cotsch nicht mehr dieselbe! Und seitdem achtet sie drauf, dass ihr so ein Scheiß nie mehr passiert. Nie mehr! Ich schätze, Cotsch hat Antoine bis heute nicht vergessen, obwohl der gar nicht so gut aussah. Marcel nimmt meine Hand und flüstert:

«Noch nie hat mir jemand so vorgesungen. Danke.»

«Bitte.»
«Aber warum hast du so kalte Hände?»
«Wahrscheinlich, weil ich so wenig esse.»
«Bist du magersüchtig?»
«Ein bisschen.»
«Damit ist nicht zu spaßen. Ich kenn mich da aus, weil mein Bruder gerade so ein Praktikum in einer psychosomatischen Klinik macht.»
«Da wäre ich auch fast hingekommen.»
«Du musst essen, sonst verschwindest du. Du löst dich auf.»
«Das hat Arthur auch immer gesagt.»

Marcel legt meine Hand zurück auf die Überdecke, streicht nochmal darüber. Dann steht er auf und schüttelt seine Haare zurück. Ich glaube, er will gehen. Vielleicht hätte ich das jetzt mit Arthur nicht sagen sollen. Das ist mir so rausgerutscht. Ich wollte Marcel echt nicht verletzen. Ich meine, ich finde es so lieb, dass er sich Sorgen um mich macht. Das ist ganz anders, als wenn mir Mama das Ohr abkaut: «Du musst mehr essen!» Da könnte ich immer ausrasten, weil das so etwas Hilfloses hat.
«Ich glaube, ich düse mal los.»
«Echt?»
«Ja, ich muss morgen früh Bio nachschreiben.»
«Am letzten Schultag?»
«Ja, ja ...»
«Oh, viel Glück.»

Marcel geht schon in Richtung Zimmertür, und mir kommt das Ganze ein bisschen spanisch vor. Niemand schreibt am letzten Schultag eine Bioarbeit! Ich nehme an, ich habe ihn echt verschreckt. Das tut mir Leid, und ich muss es schnell wieder gutmachen, damit er weiß, dass ich für alles offen bin.
«Warte!»
«Was denn?»
«Ich will dir noch was geben.»

«Was denn?»

«Wirst du gleich sehen. Ich hoffe, ich finde es.»

Vor allen Dingen, weil wir inzwischen die Kerze ausgepustet haben und es ziemlich duster im Zimmer ist. Ich suche einen kleinen rötlichen Stein, den mir Arthur aus Simbabwe geschickt hat: «Damit du weißt, wie hier die Steine aussehen!» Sehr witzig. Der sieht auch nicht anders aus als unsere deutschen. Auf jeden Fall habe ich keine Lust mehr, immer an Arthur erinnert zu werden, wenn ich den Stein sehe. Also gebe ich ihm einen neuen Sinn und schenke ihn weiter an Marcel. Genial! Soweit ich mich erinnere, habe ich den Stein in mein Federmäppchen gesteckt, und das Federmäppchen müsste in meiner Schul-Plastiktüte liegen. Ich gehe nur noch mit Plastiktüte in die Schule, weil ich Schultaschen ziemlich beknackt finde. Besonders meine alte, die ich seit der ersten Klasse mit mir rumschleppen musste. Neulich habe ich sie an Holger aus meiner Klasse verkauft, weil der die ziemlich edel fand und ich Geld brauchte. Sofort hat Holger mit Edding drauf rumgeschmiert: «Sisters of Mercy» und «Böhse Onkelz». Mama und Papa würden richtig traurig werden, wenn die davon wüssten. Das war nämlich eine ziemlich teure Ledertasche. Na ja. Da ist ja der Stein!

«Mach die Augen zu und gib mir deine Hand.»

«Was hast du vor?»

«Wirst du gleich sehen.»

Marcel streckt seine flache Hand aus, ich lege den Stein darauf, und er macht die Augen wieder auf.

«Hab ich neulich auf dem Schulhof gefunden.»

«He, cool!»

«Der soll dir für die Bioarbeit Glück bringen.»

Muss ja nicht jeder wissen, dass der Stein von Arthur stammt. Marcel wirft dem Stein zärtliche Blicke zu, und zur Krönung küsst er ihn auch noch. Ich denke: «Ein Stein müsste man sein.» Dann begleite ich Marcel und seinen Stein den Gang entlang bis zur Tür. Mein Herz klopft, jetzt geht es ans Verabschieden. Dieser Moment ist entscheidend dafür, ob man beschließt, sich wiederzusehen oder ob es das nun schon wieder war. Marcel drückt die Klinke herunter, und gerade als ich denke, die Show ist vorbei, nimmt er mich in den Arm, presst mich fest an sich, so fest, wie es mit einem kaputten Arm geht. Das geht ziemlich gut. Ich klebe richtig an ihm dran, und ich muss sagen: Er riecht phantastisch.

«Tschüs, kleines Vogelmädchen.»

«Tschüs.»

Und Marcel geht. Ich bleibe oben im Treppenhaus stehen und lausche, wie er sieben Treppenstufen hinuntersteigt, dann der Absatz, wieder sieben Treppenstufen, und so weiter, bis er unten im Erdgeschoss ankommt, die Haustür aufzieht. Jetzt ist er weg, und die Bürotür fällt ins Schloss.

Und ich bin allein. In einem großen, stillen Büro.

Heute muss ich erst zur dritten Stunde in die Schule. Also bleibe ich noch ein bisschen im Bett liegen und stelle mir Marcels Hände vor, wie sie über meinen Rücken streichen. Gerade, als ich so richtig in der Phantasie drin bin, seine Hände fast schon spüre, kommt Mama mit fliegenden Fahnen, ohne anzuklopfen, ins Hinterzimmer gerannt und rüttelt an mir herum. Als ich nicht gleich reagiere, reißt sie meinen Oberkörper nach oben und tätschelt hektisch auf meiner Wange herum. Da tue ich ihr endlich den Gefallen und öffne die Augen. Mamas Gesicht ist weiß, mit blauen Lippen.

«Lelle, mein Gott! Du lebst!»

«Was denkst du denn?»

«Ich dachte, du bist tot.»

«Wieso das denn?»

«Weil die Wand im Flur mit Blut beschmiert ist.»

«Ach so.»

«Was ist denn passiert?»

«Reg dich nicht auf. Das ist nicht mein Blut.»

«Von wem denn? Was war denn hier los?»

«Ich hatte Besuch, und der Besuch war verletzt.»

Mama setzt sich im Mantel auf meine Bettkante, und im Hintergrund gießt Papa seine Pflanzen. Der ist einfach mit seiner Gießkanne hinterhergekommen. Als Mama das merkt, werden ihre Lippen noch schmaler. Sie weiß ja, dass es mir nicht gut tut, wenn Papa alle Grenzen überschreitet. Darum sagt sie: «Berni, kannst du nicht damit warten, bis Lelle aufgestanden ist?» Aber Papa gießt gemütlich weiter und meint nur: «Mach doch nicht so ein Theater!» Ich liege unter meiner hellblau geblümten Bettdecke und gucke von Mama zu Papa und zurück. Mama sitzt blass auf der Bettkante, ihren Mantel überm Arm, die Lippen fest zusammengepresst. Wir wissen: Wenn sie noch etwas sagt, ist sie dran! Dann flippt Papa aus und schreit rum. Also sagt Mama nichts mehr, legt ihren Mantel stumm über das Fußende vom Bett. Ganz steif sitzt sie auf meiner Bettkante, ihre weißen Hände auf den Knien, und wartet, dass Papa endlich mit dem Pflanzengießen fertig ist. Aber das dauert, weil er auch noch anfängt, die welken Blätter abzuzupfen. Als das erledigt ist, holt er den Staubsauger aus der Abstellkammer und fängt an, den Linoleumboden rund um mein Bett und um die Kartons zu saugen. Um auch in jede Ecke zu kommen, stellt er einfach die Kartons übereinander, nimmt meine Plastiktüte mit den Schulbüchern und guckt rein:

«Kann das weg?»

«Nein, da sind meine Schulbücher drin.»

«Wo ist denn dein Lederranzen, den wir dir mal gekauft haben?»

«Weiß ich nicht.»

«Schlimm, wie ihr mit euren Sachen umgeht!»

Ich weiß nicht, was ich dazu sagen soll, außer dass ich dankbar wäre, wenn alle mal aus meinem Zimmer verschwinden würden. Meinetwegen kann Mama sitzen bleiben, die braucht gerade ein bisschen Wärme. So klein und mickrig, wie die hier neben mir hockt. Das bricht mir echt das Herz. Und eigentlich bin ich genau deswegen von zu Hause ausgezogen, damit mir meine Familie nicht die ganze Zeit das Herz brechen kann. Aber mehr als das Hinterzimmer vom Büro war nicht drin. Bei Mama und Papa läuft es auftragstechnisch nämlich nicht so gut. Mama sagt: «Papa ist schuld, weil er die Aufträge nie rechtzeitig bearbeitet.» Der gießt echt lieber seine Pflanzen. Na ja. Meine Therapeutin Frau Thomas sagt, dass ich mich nicht darum kümmern soll, weil ich sowieso nichts daran ändern kann. Frau Thomas war auch diejenige, die gesagt hat, dass ich ausziehen soll, damit ich endlich mal mehr esse. Sie sagt: «Du musst dich um dich selbst kümmern.» Das versuche ich ja, aber die Hälfte meiner Familie sitzt schon wieder auf meiner Bettkante und ist den Tränen nahe. Und die andere Hälfte gießt die Pflanzen rund um mein Bett. Wie soll man da nicht wahnsinnig werden, in diesem Irrenhaus!

Zuerst war Frau Thomas nur die Therapeutin von Cotsch. Aber dann hat es in unserer Familie einen schlimmen Vorfall gegeben, auf den ich nicht näher eingehen will, weil ich versuche, das alles hinter mir zu lassen. Ich kann nur so viel sagen: Es war nicht schön! Da hat Frau Thomas gesagt, dass es besser wäre, wenn ich zur Entlastung auch ein paar Stunden bei ihr absitzen würde. Und das mache ich jetzt. Seit einem Jahr! Ich kann noch nicht sagen, ob es mir wirklich hilft, weil mich diese «Sitzungen» auch ziemlich durcheinander bringen. Vor allen Dingen macht sie so komische Hypnoseübungen mit mir, die echt viel ans Licht fördern. Manchmal denke ich, dass dabei mehr ans Licht kommt, als eigentlich gewesen ist. Aber das ist Frau Thomas egal, weil sie der Meinung ist, dass alle Mädchen von ihren Vätern sexuell missbraucht werden. Und weil sie das immer wieder raushängen lässt, ist Cotsch fast sicher, dass das bei uns auch der Fall gewesen ist. Cotsch meint: «Da war was! Ich sag's dir! Warum sollte ich Papa sonst so hassen?» Und Cotsch hasst Papa richtig! Darum ist sie auch so wütend und flippt ständig aus. Einmal hat sie im Wohnzimmer sogar mit seinen Kolonialstühlen um sich geschmissen. Mit Schmackes sind die gegen Papas heiligen Kolonialschrank gekracht und wie so ein schiffbrüchiges Schiff zerborsten. Da war vielleicht was los! Mama hat die Einzelteile wieder aufgesammelt und ununterbrochen geflüstert: «Papa bringt Cotsch um! Papa bringt Cotsch um!» Vorsichtshalber hat sie ihre Freundin Rita angerufen, damit die im Notfall eingreift. Blöd war nur, dass Papa Rita überhaupt nicht leiden kann, weil sie mal in der Nachbarschaft rumgelogen hat, dass Papa unbedingt mit ihr schlafen will. Also hat sich Papa beinahe mehr über die Anwesenheit von Rita aufgeregt als über die kaputten Stühle. Er hat geschrien: «Was macht dieser vertrocknete Apfel hier?» Da mussten Cotsch und ich fast schon wieder grinsen, weil wir die Tante auch nicht leiden können. Rita erniedrigt nämlich Mama. Aber das ist eine andere Geschichte.

Endlich wendet sich Papa mit seiner grünen Gießkanne zum Gehen. Als er schon fast die Tür hinter sich zugezogen hat, steckt er doch nochmal seinen Kopf rein und fragt mit so einem Unwillen in der Stimme:

«Wer hat eigentlich diesen Schweinekopf unten auf die Straße geschmiert?»

«Welchen Schweinekopf?»

«Na, da unten hat jemand einen Schweinekopf auf die Straße geschmiert.»

«Ich weiß nicht, was du meinst.»

Papa zieht die Tür hinter sich zu, und ich zucke mit den Schultern. Ich habe wirklich keine Ahnung, was er meint. Die Angelegenheit gucke ich mir gleich mal an, nachdem ich mich um Mama gekümmert habe.

«Was ist denn los, Mammchen?»

«Rita hat mich nicht zu ihrem Geburtstag eingeladen.»

«Warum nicht?»

«Weil sie findet, dass ich nicht zu den anderen Frauen aus ihrem Kreis passe.»

«Die spinnt doch!»

«Ja, aber wenn es ihr nicht gut geht, soll ich sofort zur Stelle sein. Vorgestern Nacht hat sie wieder angerufen, weil sie dringend jemanden zum Reden brauchte.»

«Was war denn dieses Mal los?»

«Ach, irgend so ein Knabe hatte sich an Alice rangemacht und sich anschließend nicht mehr gemeldet.»

«Und wieso braucht Rita dann jemanden zum Reden?»

«Weil sie es nicht aushält, wenn ihre Tochter leidet.»

«Und du bist natürlich gleich rübergerannt. Mitten in der Nacht.»

«Ja, um ihr ein bisschen die Füße zu massieren. Das mache ich ja auch alles gerne, aber ….»

«Hat Papa was von der Aktion mitgekriegt?»

«Ja, leider. Als ich nach Hause kam, stand er schon im Flur und war richtig geladen.»

«Arme Mama.»

«Ich verstehe es wirklich nicht. Ich bin zu jedem freundlich, und trotzdem darf ich nicht zu Ritas Geburtstag kommen.»

«Mach dir nichts draus. Rita spinnt.»

«Aber sie ist doch meine beste Freundin.»

«Quatsch! Die ist einfach nur krank!»

Ist doch wahr! Ich kapiere echt nicht, warum Mama sich diesen Mist immer wieder bieten lässt! Diese Kindergartenkacke ist doch echt ermüdend: «Rita hat mich nicht zu ihrem Geburtstag eingeladen.» Ich dachte, aus dem Alter sind wir raus. Also, ehrlich. Aber ich schätze, Cotsch hat einfach Recht, wenn sie behauptet, dass Mama Rita hörig ist! Kein Wunder, mit Papa klappt's ja auch nicht gut. Und irgendjemanden braucht jeder im Leben. Ich spreche da aus eigener Erfahrung.

«Ich konnte die ganze Nacht nicht schlafen, weil ich überlegt habe, Rita zu fragen, ob ich nicht doch kommen darf.»

«Das lässt du mal schön bleiben.»

«Aber ich habe doch sonst niemanden.»

«Du hast mich!»

Na also, Mama lächelt schon wieder, und dabei kullern ihr die Tränen über die roten, runden Wangen. Die wischt sie sich schnell mit dem Handrücken weg und meint: «Nicht, dass Papa noch meckert, weil ich schon wieder heule.» Ich zwinkere rum, damit sie denkt, dass ich alles im Griff habe, und gebe ihr zum Abschluss einen Kuss auf die Wange. Wie immer in solchen Momenten sagt Mama: «Du bist mein Lieblingskind.» Und ich sage: «Und du bist meine Lieblingsmama.» Als das erledigt ist, steht Mama auf, lächelt mich nochmal wie so ein zusammengetretener Hund an und geht raus. Ich bleibe liegen und beschließe, heute nicht mehr in die Schule zu gehen. Da passiert sowieso nichts mehr.

Ich habe also freie Zeit bis zum Nachmittag. Da muss ich zum Chor. Ich gehe übrigens nur hin, weil Mama meint, dass mir das gut tut. Eigentlich singe ich auch wirklich gerne, aber seitdem ich diesem Chor beigetreten bin, ist mir die Lust echt vergangen. Da geht es zu! Wie in einer Kadettenanstalt: «Sir: Ja, Sir.» Echt! Die Chorleiterin Frau Kunkel schreit ihre Befehle rum, wir stehen stramm und müssen gehorchen. Wenn man nicht gehorcht, wird man vor allen hundert Mädchen zurechtgepfiffen, und das ist nicht gerade lustig. Vor allen Dingen, weil die Chorleiterin einem ganz plausibel machen kann, dass man der totale Verlierer ist, der nie ein Solo bekommen wird. Und das ist echt das Einzige, was mich noch im Chor hält. Irgendwann will ich mein Solo. Egal was für eins. Einfach nur bei unseren Chorkonzerten vorne stehen und losschmettern. Aber ich glaube, das kann ich vergessen, weil die Chorleiterin mich nicht leiden kann. Keine Ahnung, warum. Ich glaube, die weiß nicht mal, wie ich heiße. Mama sagt: «Das bildest du dir ein.» Aber das stimmt nicht. Dagegen ist meine alte Freundin Alice, die schon ganz lange in den Chor geht, der Liebling der Chorleitung. Sowieso fügt sie sich sehr gut ein, hat Massen von Chorfreundinnen gefunden, mit denen sie in der Pause Händchen haltend durch die Schulflure watschelt. Das Ganze findet nämlich in der Aula von so einem Mädchengymnasium statt.

Ist ja klar! Dabei schlürft Alice Plastikbecher-Kakao und tut so, als ob sie mich nicht kennt. Kein Wunder, bei so einer Mutter! Die hat es echt verdient, von Jungs verarscht zu werden. Zum Ausgleich hat sie das «absolute Gehör». Damit gibt sie tüchtig an. Die Chorleiterin findet das auch ganz toll und sagt ständig: «Alice, sing uns mal ein E.» Dann singt Alice uns ein E, und wir stimmen alle mit ein.

Auf jeden Fall muss ich bis zum Nachmittag die Zeit rumkriegen. Ich könnte zum Friseur gehen, für den Fall, dass ich Marcel in den nächsten Stunden begegne, wovon ich natürlich ausgehe. Hoffentlich gibt mir Mama Geld. Meistens hat sie nämlich nichts, weil Papa ihr kein Gehalt für ihre Arbeit zahlt. Er sagt: «Das kann ich mir nicht leisten.» Also arbeitet sie für umsonst und muss mit den paar Eiern zurechtkommen, die ihr Papa für den Haushalt spendiert. Über diese Situation ist Mama überhaupt nicht glücklich, deshalb weint sie ziemlich oft. Speziell, wenn sie sich gerne mal was Neues zum Anziehen kaufen würde. Aber dafür hat sie erst recht kein Geld übrig, und Papa sagt wieder: «Das kann ich mir nicht leisten.» Was sicher nicht stimmt, weil, «ein bisschen Geld kommt immer rein», sagt Mama. Und sie hat den Überblick, schließlich kümmert sie sich im Sekretariat um die Buchhaltung. Sie sagt: «Wenn Papa mal rechtzeitig die Aufträge bearbeiten würde, könnte noch viel mehr reinkommen.» Doch er macht es nicht, und darum haben alle Unterhemden von Mama Löcher unter den Armen, und eine neue Hose würde ihr auch gut stehen. Ich habe jetzt schon ein schlechtes Gewissen, sie wegen dem Friseurgeld anzusprechen. Auf der anderen Seite muss ich echt meine Spitzen schneiden lassen, weil die schon ganz ausgefranst sind. Also, los! Schnell in die Hose schlüpfen, Schuhe an, Hemd an, Zigaretten einstecken, Wimpern tuschen, Lidstrich nachziehen. Perfekt.

Im Klo liegt ein blutiger Lappen in einem Eimer mit Seifenlauge, zum Einweichen. Das war Papa, damit hat er bestimmt die

Wand im Flur abgewischt. Neben seinen Pflanzen hat er nämlich noch zwei weitere Hobbys: Im Keller Schuhe putzen und Wäsche einweichen. Ich setze mich auf den Badewannenrand, gucke in die rötliche Seifenlauge im grauen Eimer und putze mir die Zähne. Danach gehe ich durch den Flur, zu Mama ins Sekretariat. Tatsächlich! Jemand hat versucht, die Wand von Marcels Blut zu reinigen. Das hat nicht so gut geklappt. Der Flur sieht richtig schlimm aus. Als hätten sie einen abgestochen. Ich möchte echt mal wissen, wie es Marcel geht, nachdem er so viel Blut verloren hat. Zu dumm, dass ich seine Telefonnummer nicht habe, sonst könnte ich ihn unter diesem Vorwand anrufen und klären, ob man sich sieht. Aber erst mal schleiche ich zu Mama rein:

«Kannst du mir Geld geben?»

«Musst du heute nicht zur Schule?»

«Doch, aber ich fühle mich nicht so gut.»

«Was ist denn los, mein Herzchen?»

Gleich guckt Mama wieder so, als hätte ich ihr gesteckt, dass ich an Durchfall erkrankt bin. Das ist nämlich die schlimmste Krankheit, die sich Mama vorstellen kann.

«Ni-hichts. Ich mag einfach nur nicht in die Schule. Das ist alles.»

«Sieh bloß zu, dass du nicht so viel verpasst.»

«Mach ich. Kannst du mir jetzt Geld geben?»

«Wie viel brauchst du denn?»

«Vierzig Mark, vielleicht?»

«Dann habe ich für heute und morgen nichts mehr.»

Mama blättert in ihrem Portemonnaie rum. Das kann sie sich sparen, davon wird es nämlich leider auch nicht mehr. Endlich nimmt sie die Scheine raus und hält sie mir hin.

«Na ja. Irgendwie komm ich schon zurecht.»

«Ach, nee, lass mal.»

«Nimm schon. Ich frag Papa nachher, ob er mir noch was geben kann.»

«Das gibt nur wieder Ärger.»

«Macht nichts.»

Und das ist echt gelogen. Ich sehe Mama genau an, wie mulmig ihr bei dem Gedanken wird. Nee, echt. Da frage ich Papa lieber selbst, bevor er Mama wieder eins auf den Deckel gibt. Diese Streitereien muss ich ja nicht auch noch fördern.

«Ich frage Papa, ob er mir was gibt.»

«Wenn nicht, kommst du nochmal zu mir.»

«Danke, Mama.»

Ich gebe ihr einen Kuss auf die Wange und gehe rüber zu Papa, der auf dem vorderen Balkon die Pflanzen gießt. Ich stelle mich in die offene Balkontür, stecke die kalten Hände in die Hosentaschen, und in meinem Bauch krampft sich alles zusammen.

«Papa?»

Natürlich tut er so, als ob er mich nicht hört. Das macht er immer. Damit möchte er uns signalisieren, dass er nicht gestört werden will. Allerdings kann ich darauf jetzt keine Rücksicht nehmen. Vielleicht hat aber auch der Straßenlärm meine Stimme übertönt, schließlich fahren die Autos da unten über Kopfsteinpflaster. Also versuche ich es nochmal eine Nuance lauter.

«PAPA?»

Erst als Papa den letzten Tropfen Wasser an seine Freunde, die Blumen, verteilt hat, dreht er sich zu mir um. Automatisch lächle ich, damit er weiß, dass ich ganz entspannt bin. Papa kann es nämlich nicht leiden, dass wir Angst vor ihm haben. Das macht ihn richtig rasend. Schon ein paar Mal hat er Mama angeschrien: «Dieses Rumgeflüster macht mich wahnsinnig. Sprich vernünftig, wenn du etwas von mir willst!» Das habe ich mir gemerkt.

«Papa, kannst du mir Geld geben?»

«Wofür?»

«Ich muss zum Friseur.»

«Ich sehe nicht ein, warum ich euch Geld geben sollte, wenn ihr so schlecht mit euren Sachen umgeht.»

«Was meinst du?»

«Na, deine Schultasche!»

«Okay, danke.»

Jetzt habe ich doch geflüstert. Was soll man auch sonst machen, wenn einem die Tränen in die Augen schießen? Ich bin echt wütend! Was hat denn die Schultasche mit meinen Haaren zu tun? Das Ding habe ich vor elf Jahren zur Einschulung bekommen! Da wird es doch erlaubt sein, sich irgendwann mal davon zu trennen. Der meint echt, dass er alles bestimmen kann! Was soll ich denn jetzt machen? Ich will nicht zu Mama gehen und ihr das letzte Geld wegnehmen. Auf der anderen Seite sagt Frau Thomas immer: «Das Problem deiner Eltern ist nicht dein Problem.» Und da hat sie auch wieder Recht. Würde Mama Papa mal plausibel machen, dass er ihr gefälligst ein Gehalt zahlen soll, hätten wir diesen ganzen Schlamassel nicht zu Hause. Eigentlich ist echt Mama daran schuld, weil die sich alles gefallen lässt. Da mache ich nicht mit! Schließlich ist Papa ihr Ehemann. Ich meine, haben die sich aus Liebe geheiratet, oder was? So etwas würde ich mir von meinem Ehemann nie bieten lassen. Niemals! Vor allen Dingen würde Cotsch sich so was nie bieten lassen. Die hat sogar schon mal gesagt: «Bevor ein Junge von mir Liebe kriegt, muss er erst mal ganz lange an meiner Tür kratzen.»

Ich ständere wieder zu Mama rein, setze mich auf den freien Drehstuhl und warte, bis sie mit Telefonieren fertig ist: «Tut mir Leid, mein Mann ist außer Haus. Kann ich ihm etwas ausrichten?» So lange stütze ich mein Kinn auf die Stuhllehne, gucke nach unten auf den silbernen Fuß mit den Rollen und gebe mir ordentlich Schwung. Gerade als ich denke, dass ich mich jetzt eigentlich übergeben müsste, kommt Frau Mus reingewankt. Damit sie weiß, dass ich auf ihrer Seite bin, versuche ich ein

Lächeln, was mir nicht ganz leicht fällt, weil mir so schlecht ist. Zum Glück nimmt sie es mir nicht übel. Frau Mus kennt mich eben schon von ganz früher, als ich immer mit ins Geschäft gekommen bin, anstatt in den Kindergarten zu gehen. Mama dachte nämlich, dass ich ein Trauma kriege, wenn sie nicht rund um die Uhr in meiner Nähe ist. Und zu meinem fünften Geburtstag hat mir Frau Mus eine Barbie geschenkt. Seitdem mag ich sie sowieso.

«Hallo, Frau Mus.»

«Na, heute keine Schule?»

«Doch. Aber ich geh nicht hin.»

«Wieso? Sind da keine hübschen Jungs?»

«Nö.»

«Dann würde ich auch nicht hingehen.»

Frau Mus zwinkert rum, und als Nächstes kommt ein ganz dreckiger Husten aus ihr raus, sodass ich mir überlege, sofort mit dem Rauchen aufzuhören. Aber dann denke ich mir, dass ich ja viel jünger bin als Frau Mus und in ihrem Alter sowieso nicht mehr rauchen will. Ich will nur jetzt rauchen, damit ich nicht merke, dass ich Hunger habe. Manchmal, wenn ich nichts zu tun habe, schreibe ich schon mal Einkaufslisten, für den Fall, dass ich irgendwann mal wieder anfange, vernünftig zu essen: Tiefkühlpizza, Nudeln, Chips und Pudding. Am meisten Appetit habe ich auf Tortellini in Schinken-Sahne-Sauce. Ich darf gar nicht daran denken, sonst läuft mir das Wasser im Mund zusammen. Am besten, ich gehe gleich mal auf den Küchenbalkon eine rauchen.

Da setze ich mich auf eine von Papas grünen Komposttonnen und zünde mir eine Zigarette an. Vorsichtshalber ziehe ich die Balkontür hinter mir zu, damit es drinnen nicht nach Rauch riecht. Papa ist auch, was das anbelangt, ziemlich empfindlich. Durch die Scheibe der geschlossenen Tür sehe ich in die Küche. Eigentlich ist sie sehr hübsch, auch wenn außer einem Herd und dem Kühlschrank nichts drin steht. Nicht mal ein Tisch. Dafür sind die Wände schön. Weiße Fliesen mit blauen Ranken aus dem vorletzten Jahrhundert, und auf dem Boden liegen ausgetretene Dielen. Ansonsten ist die Küche leer, dämmrig und sehr kalt, weil die Sonne es nie auf diese Seite des Hauses schafft.

Als ich meine Zigarette fast aufgeraucht habe, kommt Mama wie ein Schattenwesen durch die Küche geschwebt. Ich muss ganz dicht an die Scheibe gehen, um überhaupt zu erkennen, dass sie es ist. Sobald ich meine Zigarette über die Brüstung geschmissen habe, öffnet sie die Tür und stellt sich neben mich.

«Lelle, schmeiß die Zigarettenstummel nicht über die Brüstung! Wenn die jemand auf den Kopf kriegt.»

«Ich pass schon auf.»

«Von hier aus kannst du doch gar nicht sehen, ob da unten jemand steht.»

«Ich spüre das.»

«Hast du von Papa Geld bekommen?»

«Nee.»

«Dann nimm meins. Ich hole mir das nachher von ihm wieder.»

«Bist du sicher?»

«Was anderes bleibt uns ja nicht übrig.»

«Hm.»

Mama steckt die zusammengefalteten Scheine in die Brusttasche von meinem Hemd. Ehrlich gesagt ist mir das ein bisschen zu intim, wie Mama da so ungeniert an meiner Brust rumfingert. Trotzdem lasse ich mir nichts anmerken, um sie nicht noch unglücklicher zu machen. Schließlich versucht sie jeden Tag aufs Neue alles richtig zu machen und kriegt trotzdem von allen eins drauf. Da muss ich ja nicht auch noch mitmachen. Also gebe ich ihr einen Kuss auf die Wange und lächle lieb. Das kommt bei Mama immer gut an. Das gibt ihr Aufschwung, sie sagt:

«Ich bin so stolz auf dich.»

Ich weiß nicht genau, wie sie jetzt darauf kommt, besonders, weil ich gerade dabei bin, die Schule zu schwänzen. Na ja, Mama weiß eben, dass die Schule nicht das Richtige für mich ist. Ich habe nämlich mehr die emotionale Intelligenz. Mama sagt: «Darum kannst du dich so gut in andere Menschen hineinfühlen.». Und Frau Thomas sagt: «Genau das macht dich krank.» Bei meiner Schwester Cotsch ist es andersrum. Die ist super in der Schule, schreibt nur volle Punktzahl, weiß alles, und mündlich ist sie auch immer ganz vorne mit dabei. Cotsch behauptet: «Ich weiß mehr als meine Lehrer.» Und das kann echt sein, weil Cotsch in ihrem Leben schon sehr viele Bücher gelesen hat. Ich könnte hundert Bücher lesen und wüsste hinterher genauso wenig wie vorher. Dafür kann sich Cotsch gar nicht in Leute reinversetzen. Sie sagt: «Ich hab genug Probleme.» Das stimmt. Vor allen Dingen mit sich selbst. Ständig schreit sie Mama an und schmeißt Sachen nach ihr. Einmal hatte Mama deswegen sogar eine kleine Platzwunde an der Stirn. Aber anstatt dass Mama mal richtig sauer wird, sagt sie nur: «Cotsch meint das nicht so. Die ist mit sich nicht im Reinen.» So läuft das bei uns, und Cotsch kann weiter ungeniert ausflippen, wann sie will. «Cotsch meint das nicht so. Die ist mit sich nicht im Reinen.» Trotzdem sollte Mama mal anfangen, an sich zu denken. Ich rutsche von der Komposttonne runter, tätschle ihr die Schulter und sage:

«Danke.»

Mama lächelt, so, als ob sie am liebsten heulen würde, und dann gehen wir gemeinsam durch die kalte, dämmrige Küche, den blutigen Gang hinunter, bis zur Tür. Da gibt Mama mir nochmal einen Kuss, und ich sage:

«Ich hab dich lieb. Bis später!»

«Ich hab dich auch lieb, mein Herzchen.»

Und – plimm! – da sind die glänzenden Tränen in Mamas Augen. Die wischt sie sich mit der altbekannten Geste weg, und gerade als ich rauswill, kommt Papa aus seinem Raum, in der Hand sein Portemonnaie.

«So, wie viel Geld brauchst du denn?»

«Ist schon okay. Mama hat mir was gegeben.»

«Jetzt mach kein Theater! Wie viel brauchst du?»

«Na ja, vielleicht so vierzig Mark?»

«Gib mir den Rest nachher wieder.»

«Danke, Papa.»

«Ja, ja, ja.»

Er steckt sein Portemonnaie zurück in die Hosentasche und verschwindet zu Frau Mus. Mama und ich gucken ihm hinterher, dann hören wir, wie er zu ihr sagt:

«Fürs Zigaretterauchen bezahle ich Sie aber nicht!»

Mama zieht die Augenbrauen hoch, und ich gebe ihr die gefalteten Scheine wieder. Dazu sage ich:

«Manchmal ist Papa richtig lieb.»

Mama nickt, umarmt mich und murmelt in meine Haare:

«Früher war er immer lieb.»

So, nun ist es aber wirklich Zeit für mich zu gehen. Hinterher kriege ich keinen Termin mehr beim Friseur, und das wäre echt ärgerlich.

«Bis später, Mama.»

«Bis später, mein Kind.»

Mama winkt, als würde ich vor ihren Augen «Rule Britannia! Britannia rule the waves …» singend mit der *Titanic* untergehen. Schnell ziehe ich die Tür hinter mir zu und hüpfe das Treppenhaus hinunter. Durch die großen Fenster fällt das Licht auf die grünen Stufen, nirgendwo fühle ich mich mehr zu Hause als in diesem Treppenhaus. Irgendwie erinnert mich das immer an früher, als ich an Mamas Hand die Treppenstufen rauf- und runtergeklettert bin. Damals wie heute hat es nach Keksen und Schmierseife gerochen. Und jeden Tag schien die Sonne.

Raus auf die Straße. Jetzt gucke ich mir mal den Schweinekopf an, den laut Papa jemand auf das Pflaster geschmiert haben soll. Leider ist alles zugeparkt, sodass ich mich erst mal zwischen den Autos durchquetschen muss. Et voilà: In der Mittagssonne erstrahlt tatsächlich ein riesiger, rosa Schweinekopf. Darunter steht, in einer immer kleiner werdenden Schrift: «Wild Romance». Sehr poetisch! Das kann nur Marcel gewesen sein. Der spinnt ja wohl total, also, ich freue mich richtig! Mitten in der Nacht hat er mir das mit seinem kaputten Arm aufs Kopfsteinpflaster gemalt. So etwas hat noch nie jemand für mich gemacht. Das zündet so was von rein, dass mir gleich ein paar Tränen kommen. Wild Romance! Am liebsten würde ich sofort jemandem den Schweinekopf zeigen, um mein Glück zu teilen. Ich weiß nur nicht, wem. Dummerweise kenne ich niemanden, der diese Liebeserklärung auch nur annährend wertschätzen könnte. Cotsch würde sagen: «Der will dich nur bumsen!» Und Tessi würde sagen: «Oh toll, der will dich heiraten.» Aber ich weiß, dass es Marcel weder um das eine noch um das andere geht. Leute, da steht: «Wild Romance». Das heißt, zwischen uns soll es romantisch, aber auch wild und leidenschaftlich werden! Und das ist genau mein Feld. Das kann ich schon mal mit Sicherheit sagen. Ich werde jetzt die Straße küssen, um Marcel zu danken. Also los, es kommt gerade kein Auto. Hinknien, küssen und sagen: «Ich liebe dich!» Jetzt wüsste ich nur gerne, wie ich ihn erreichen kann, um ihm zu sagen, dass ich zu allem bereit bin. Wir gegen den Rest der Welt und so weiter. Eben das ganze Programm. Ich könnte ihn in der Schule besuchen, da wird sowieso gerade die zweite große Pause eingeläutet. Und was Arthur anbelangt: Ich habe nicht vor, mein Leben lang die Heilige Jungfrau zu spielen, nur weil mein sozial engagierter Freund denkt, dass ich ihm treu bleibe.

Die Sonne scheint, es duftet nach Keks, und die Pappel vor der Kirche wiegt sich im Sommerwind. Ihre kleinen, runden Blätter glitzern silbrig, und mir geht so richtig das Herz auf. Es ist gut, jemanden zu haben, auf den man sich freut, und alle Leute, die mir entgegenkommen, lächle ich an. Manche lächeln sogar zurück und denken: «Was für ein fröhliches Mädchen!» Früher haben unsere Nachbarn ständig zu Mama und Papa gesagt: «Lelle ist so ein fröhliches Kind. Sie bringt uns schon Freude, wenn wir sie bloß sehen.» Zum Schluss hat das leider kaum noch jemand von mir behauptet, weil ich ziemlich depressiv geworden bin. Ich habe echt gedacht, ich bin verloren gegangen. Ich habe mich nur noch wie eine graue Hülle ohne Seele gefühlt, die durch die Siedlung geistert. Aber langsam kommt das Leben wieder, und heute kann ich es besonders stark spüren. Auf der anderen Straßenseite nehme ich die Abkürzung durch die Passage, in der auch mein Friseur seinen Laden hat. Ich stecke nur schnell den Kopf rein und frage:

«Könnte ich in circa einer halben Stunde zum Spitzenschneiden kommen?»

Am anderen Ende wieder raus aus der Passage, quer über die Straße, an der Grundschule entlang, wo eine Menge Kinder auf dem Pausenhof rumtoben. Durch den Maschendrahtzaun kann ich sehen, wie sie hintereinanderher flitzen, sich mit Springseilen verdreschen und kreischen. Jetzt bin ich fast am Ziel, nur noch über den Spielplatz, an den Schaukeln, dem Sandkasten vorbei. Bei dem Gedanken, dass ich Marcel gleich begegne, beginnt mein Herz richtig zu schlagen. Vorsichtshalber gucke ich nochmal in den Rückspiegel von einem geparkten Auto, falls mir was Ekliges im Gesicht klebt. Ich will Marcel ja nicht verschrecken! Bevor man sich an einen fremden Rückspiegel ranmacht, sollte man allerdings prüfen, ob auch niemand im Auto sitzt. Mir ist das echt schon mal passiert! Ich gucke gemütlich in meine Nasenlöcher, und plötzlich merke ich, dass mich jemand durch die Scheibe beobachtet. Das war echt unangenehm.

Zigarettenstummel wegschmeißen, tief Luft holen. Leute, drückt mir die Daumen, dass diese Besuchsaktion nicht nach hinten losgeht. Ich meine, noch ist nichts in trockenen Tüchern. Ein Schritt zu viel nach vorne, und die Sache mit Marcel hat sich erledigt. Bei Männern muss man sehr, sehr vorsichtig sein, das weiß ich von Papa. Wenn die sich in die Enge getrieben fühlen, schlagen die um sich oder hauen ab. Ich muss entspannt bleiben, so tun, als sei ich zufällig hier.

Mit ziemlich weichen Knien ziehe ich die schwere Eingangstür auf, drinnen riecht es wie immer nach Turnhalle. Die Sonne kommt vom Schulhof ins Treppenhaus geflutet, überall rennen Schüler die Treppen rauf und runter. Ich stelle mich an die Glasscheibe der Hausmeisterbude und gucke, ob Marcel oder wenigstens Tessi irgendwo zu sehen ist. Leider nicht. Wahrscheinlich stehen die in der Cafeteria oder auf dem Schulhof rum. So weit traue ich mich nun doch nicht vor, schließlich gehe ich nicht in diese Schule. Außerdem würde das gleich so aussehen, als ob ich nach ihm suche. Nee, ich bleibe lieber noch ein bisschen stehen und gucke mir die Schüler an. Tolle Freizeitbeschäftigung. Was mache ich denn jetzt? In zwanzig Minuten habe ich meinen Friseurtermin, bis dahin muss was passiert sein. Ich kann doch nicht einfach wieder gehen und hoffen, dass Marcel sich irgendwann mal bei mir meldet. Wer weiß, wie lange ich da warten müsste! Bis dahin könnte ich schon lange an nervlicher Überreizung krepiert sein. Leute, ich sage euch, das wird heute nichts mehr! Und genau in diesem Moment kommt Barry den Flur entlang. Als er mich sieht, bleibt er sofort stehen und schleudert seine Haare zurück.

«Hey Babe! Marcel ist schon weg.»

«Aha.»

«Kannst ihn ja mal anrufen.»

«Ja, wenn ich seine Telefonnummer hätte …»

«Momentos!»

Barry fummelt seine Haare hinten zu so einer Art Zopf zusammen und sucht in seiner Mappe nach einem Blatt Papier. Weil er keins findet, reißt er einfach eine Ecke aus seinem Englischbuch raus und schreibt mir mit rotem Edding Marcels Nummer auf den Fetzen. Genial. Schnell hinten in die Hosentasche stopfen, damit ich sie ja nicht wieder verliere. Das ist mein Heiligtum, damit werde ich nachher Verbindung zu Marcel aufnehmen. Woher weiß Barry bloß, dass ich wegen ihm hier bin? Das würde ich ihn gerne fragen. Aber das spare ich mir besser, weil sich inzwischen eine Menge Mädchen mit langen blonden Haaren um ihn herum versammelt haben, die alle so aussehen, als würden sie gerne mal so richtig ran. Barry scheint das gewohnt zu sein. Ganz entspannt zieht er sich eine Zigarette hinter dem Ohr hervor und fragt:

«Kommst du mit raus, eine rauchen?»

«Okay.»

Warum nicht? Er scheint ziemlich gut mit Marcel befreundet zu sein, da ist es nur schlau, sich auch mit ihm ein bisschen anzufreunden. Jedenfalls will ich ihn nicht gleich wegstoßen, wer weiß, was er dann später Marcel erzählt. Außerdem mag ich Jungs mit langen Haaren, die Gitarre spielen. Ich meine, wer mag das nicht?

«Dann komm.»

Barry legt seinen Arm um mich und tritt die Tür nach draußen auf. Die Mädchen bleiben zurück, wir gehen die Stufen hinunter und stehen auf der heißen, staubigen Straße.

«Hier lang.»
Er nimmt meine Hand, zieht mich über die Straße, fädelt mich zwischen den geparkten Autos hindurch auf den gegenüberliegenden Spielplatz. Ich kann nur sagen: Die blonden Mädchen haben wir abgehängt! Genial! Die fragen sich jetzt bestimmt: «Who's that girl?» Vor einer Bank unter einer mächtigen Kastanie halten Barry und ich an, hocken uns auf die Lehne. Auf die Sitzfläche können wir uns nicht platzieren, weil irgendwelche Idioten vor uns schon die Schuhe darauf gestellt haben, und jetzt ist alles voller Dreck. Barry zieht aus der Innentasche seiner Lederjacke einen silbernen Flachmann und eine zerdrückte Zigarettenpackung, aus der er uns zwei «Fluppen» fummelt. Wenn Mama das wüsste! Die würde glatt vor Sorge um ihre kleine Lelle umkommen. Solche Typen wie Barry sind Mama so richtig suspekt. Von Arthur hatte sie ja zuerst auch angenommen, dass der am Bahnhof auf den Strich geht, nur weil der etwas längere Haare hatte und niemandem klar war, woher er sein Geld bezog. Papa dachte sogar, dass der uns das Haus ausräumt, wenn wir im Urlaub sind. Total albern! Barry und ich rücken dicht zusammen, damit die Flamme vom Feuerzeug nicht gleich von der sommerlichen Brise ausgepustet wird. Seine Hände legen sich um meine Zigarette, der Tabak knistert, sein Zeigefinger mit dem abgekauten Fingernagel berührt meine Wange. Leute, das ist Erotik pur! Dann zündet er sich seine an, wir sitzen da und rauchen. Über uns rauschen die Blätter der Kastanie, vor uns spielen Kinder im Sandkasten, die Mütter sitzen am Rand, alles ist friedlich. Barry nimmt einen Schluck aus seinem zerdellten Flachmann, danach reicht er ihn zu mir rüber:

«Whiskey?»

«Nee, heute nicht.»

«Was ist denn mit dir los? Kein Rock 'n' Roll im Blut?»
Ich lächle, wie nur jemand lächelt, der echt keine Ahnung hat vom Leben, und Barry macht «tztztz», dann nuckelt er weiter

an seinem Flachmann rum. Plötzlich sehe ich mich mit meiner Schwester zusammen dort drüben im Sandkasten sitzen. Ich erinnere mich, wie es war, mit dem trockenen Sand zwischen den Fingern, im Haar, auf den Kleidern, in den Schuhen. Zu wissen, Mama ist ganz in der Nähe und passt auf mich auf. Leute, das ist lange her, und nun hocke ich wieder hier, angefüllt mit Sonne, mit Spannung, weit weg von Mama, dafür mit diesem fremden Jungen, der Lust hat, mit mir Whiskey zu trinken und eine zu rauchen. Merkwürdig ist das. Barry klemmt seine Zigarette zwischen die Lippen, zieht sich die Lederjacke aus, legt sie über seine Stiefelspitzen.

«Ich mach morgen 'ne Party. Hast du Bock zu kommen?»

«Äh … ja, gerne.»

«Kennst du die Schrebergartenkolonie am Kanal?»

«Nein.»

«Hinten, bei der Keksfabrik.»

«Ach so, ja klar.»

«Oder sag Marcel, er soll dich mitbringen.»

«Mal sehen.»

Am besten, ich bleibe gelassen, so, als hätte ich an jedem Finger zehn Typen hängen. Muss ja nicht jeder wissen, wie wild ich auf Marcel bin. Dabei fällt mir ein, ich kann gar nicht auf Barrys Geburtstagsparty kommen, weil ich da schon auf Chorfreizeit bin. So ein Scheiß! Jedes Jahr in den Sommerferien fahren wir nämlich zehn Tage auf Chorfreizeit in ein Kloster, um dort zehn Stunden am Tag zu singen. Wer nicht mitfährt, wird nie sein Solo bekommen, und das ist echt das Einzige, was mich bei der Stange hält. Außerdem wäre Mama wirklich enttäuscht, wenn ich nicht mitfahren würde. Sie sagt: «Das Singen tut dir gut.» Aber ich bin mir sicher, die Party bei Barry würde mir besser tun. Blöd ist auch, dass Mama ihre letzten Kröten zusammengesucht hat, um mir den Aufenthalt zu ermöglichen. Da kann ich kaum einen Rückzieher machen. Und Tessi rechnet auch schon damit, dass ich mit ihr in ein Zimmer gehe. Scheiße. Echt. Scheiße.

«Ich kann doch nicht zu deiner Party kommen.»

«Was? Warum das denn nicht? Wegen deinem Freund, oder was?»

«Wegen welchem Freund?»

«Na, wegen diesem Typen, der über deinem Bett klebt.»

«Arthur.»

«Ja, genau. Arthur. Das ist doch dein Freund, oder nicht?»

«Na ja …»

«Ja, was denn nun? Marcel sagt, dieser Typ, dieser Arthur ist dein Freund.»

«Ist er ja auch.»

«Kannst du wegen dem nicht zu meiner Party kommen, oder was ist dein Grund?»

«Nee, ich bin auf Chorfreizeit.»

«Mit Tessi, oder was?»

«Ja.»

«Das wird Marcel echt die Beine weghauen. Den hat's doch schon so umgehauen, dass dieser Arthur über deinem Bett hängt.»

«Hat er dir das erzählt?»

«Logisch. Wir erzählen uns alles.»

Das kann ich mir gar nicht vorstellen, Marcel hat auf mich eigentlich einen ganz verschwiegenen Eindruck gemacht. Ich schätze, Barry hat es aus ihm rausgeholt.

«Das heißt also, du kommst nicht?»

«Ja!»

«Mann, Babe, das ist echt 'ne harte Nummer, die du da fährst!»

Soll ich mich jetzt entschuldigen, dass ich auf Chorfreizeit bin? Ich habe ja nicht ahnen können, dass Marcel und ich uns über den Weg laufen. Sowieso muss ich erst mal rausfinden, was ich mit dem in Zukunft veranstalte. Ich habe auf jeden Fall Sehnsucht nach ihm. Wenn er jetzt vorbeikommen würde, könnten wir einen kleinen Spaziergang im Wald machen und die knifflige Lage klären. Da fällt mir ein, ich muss zum Friseur, außerdem sieht es ein bisschen nach Gewitter aus.

«Ich muss mal los.»

«Echt?»

«Ja.»

Barry schnippt den Zigarettenstummel in die Büsche. Dann schmeißt er sich seine Jacke über die Schulter, springt von der Bank und schüttelt die Beine aus, damit sich die Jeans an den Stiefelschäften nicht so hässlich staucht. Als er damit fertig ist, drückt er mir rechts und links einen ordentlichen Kuss auf die Wange und sagt:

«Wenn du meinem besten Kumpel das Herz brichst, bist du dran. Ist das klar?»

«Hab ich gar nicht vor.»

«Gut …»

«Bis dann.»

«You're in the jungle, Baby.»

«Du auch.»

«Baby», so hat mich auch noch niemand genannt. Nicht mal Arthur. Der hat immer nur «Lelle» gesagt. Barry geht über den Spielplatz, am Sandkasten entlang, wobei er kurz mit dem Fuß in den Kasten knickt und «Scheiße» sagt. Ich gehe in die andere Richtung, an der Grundschule vorbei, wo der Pausenhof inzwischen in gewittrigem Schatten liegt.

Nach dem Friseurbesuch renne ich schnell ins Geschäft, um mir meine Haare ordentlich durchzuwaschen, damit die nicht mehr so peinlich vom Kopf abstehen. Ich sehe echt aus, als hätte mir jemand Watte auf den Kopf geklebt. Das kommt davon, wenn krause Haare mit der Drahtbürste durchgekämmt werden. Das Gewitter ist vorüber, auf dem warmen Asphalt verdampfen die gefallenen Regentropfen. Ich renne über die Straße, renne weiter über den Platz, am Süßigkeiten-Laden vorbei, an der Kirche entlang, rein ins Haus. Die Treppen hoch, immer zwei Stufen auf einmal.

Im Geschäft ist es still. Die Türen zu den Zimmern stehen offen, die Stühle sind an die Tische gerückt, die Arbeitsplätze aufgeräumt. Mama und Frau Mus sind schon gegangen. Nur Papa steht auf dem vorderen Balkon, der zur Straße rausgeht, und beugt sich über die Blumen. Ich sage ihm eben, dass ich wieder da bin, nicht, dass er sich noch erschreckt, wenn er mich im Badezimmer plätschern hört.

«Papa, ich bin wieder da.»

Er hört mich nicht, weil die Autos unten über das Kopfsteinpflaster holpern und er sich so weit über die Brüstung beugt, als würde er sich runterstürzen wollen. Darum stelle ich mich hinter ihn und tippe ihm auf die Schulter.

«Papa, ich bin wieder da.»

«Mensch, Lelle! Fast hätte ich meine Kamera fallen lassen.»

«Was machst du denn da?»

«Ich fotografiere den Schweinekopf.»
«Was? Ich dachte, du findest den blöd.»
«Nee. Ich habe mir den nochmal genau angesehen und irgendwie hat der was.»
«Aha.»
«Nee, finde ich wirklich. Der hat etwas ganz Eigenes.»
«Ja …»
Was soll man jetzt dazu sagen? Zuerst schimpft Papa rum, weil ein Schweinekopf auf die Straße «geschmiert» wurde, und zum Schluss fotografiert er ihn. Wirklich sehr eigenartig. Ich bin nur froh, dass Mama diese Aktion nicht mitkriegt, die würde echt still und heimlich implodieren. Puff! Schließlich muss sie ständig alle Kunden anlügen, wenn Papa mit den Aufträgen wieder nicht fertig wird: «Mein Mann ist außer Haus. Kann ich ihm etwas ausrichten?» Trotzdem, irgendwie finde ich es sehr berührend von Papa, dass er sich solche Mühe mit dem Schweinekopf macht. Ich sage:
«Danke, Papa.»
«Ja, ja, ja.»
«Ich wasche mir nur noch schnell die Haare. Dann muss ich auch schon wieder los, in den Chor.»
«Soll ich dich rumbringen? Ich will sowieso noch in den Baumarkt, ein paar Pflanzenkübel besorgen.»
«Okay. Ich beeil mich.»
«Lass dir Zeit. Ich habe hier auch noch ein bisschen was zu tun.»
«Ja, aber der Chor fängt in einer halben Stunde an.»
«Ach so. Ja. Das kriegen wir hin.»
Ich weiß jetzt schon, dass wir das nicht hinkriegen. Papa braucht immer ewig, bis er endlich loskommt. Letztes Jahr, als wir Hochwasser hatten und Papa mich mit dem Auto in die Schule bringen musste, bin ich jeden Morgen zu spät gekommen. Immer wenn wir gerade losfahren wollten, ist ihm wieder irgendetwas

eingefallen, was er noch schnell erledigen könnte: Kofferraum aussaugen, Brennnesseljauche anrühren, Keller aufräumen und so weiter. Darum will ich eigentlich nicht mehr mit ihm fahren. Außerdem bin ich mit dem Fahrrad genauso schnell beim Chor. Einfach quer durch den Wald, schon bin ich da. Bei der Gelegenheit könnten meine Haare im Fahrtwind trocknen, was praktisch wäre. Doch wenn Papa schon mal bereit ist, sich familiär zu beteiligen, will ich ihn nicht wegstoßen. So ein Hilfsangebot kommt nämlich höchst selten vor, weil er sich sehr leicht von uns ausgenutzt fühlt. Ich weiß noch: Einmal musste ich sogar nachts mit dem Fahrrad los, um Cotsch zu suchen. Die war mal wieder abgehauen, und keiner wusste, wohin. Mama stand kurz vor ihrem Herzinfarkt, und Papa meinte bloß: «Ich bin doch nicht euer Chauffeur!» Ein anderes Mal war es noch schlimmer. Das erzähle ich gleich. Ich halte nur mal schnell den Kopf unter den Wasserhahn.

Das Badezimmer ist in hellem Türkis gehalten. Papa meint, in den fünfziger Jahren sahen die meisten Badezimmer so aus, und genauso alt sind wahrscheinlich auch die Wasserleitungen. Hier gibt es nur eiskaltes Wasser, und damit wasche ich mir jetzt die Haare. Mama sagt: «Davon kriegt man Hirnhautentzündung.» Mir ist das egal. Mama behauptet ständig solche Sachen. Vor jedem bisschen hat sie Angst, speziell vor Bakterien. Darum verlangt sie auch immer, dass wir uns komplett umziehen, sobald wir nach Hause kommen. Die Bakterien von draußen sollen sich nicht in den Zimmern verteilen. Na ja. Jetzt Haare ins Handtuch wickeln, trockenrubbeln und Papa Bescheid geben, dass ich fertig bin. Praktischerweise steht er schon neben mir, was gegen die Vereinbarung verstößt. Er weiß ja, dass er nicht einfach zu mir ins Badezimmer kommen soll. Aber ich sage nichts. Er kann nämlich nur sehr schlecht mit Kritik umgehen, weil er «emotional verkümmert ist», wie Mama immer sagt. Dadurch fühlt er sich ständig unter Druck gesetzt, und den wird er nur los, wenn er Mama und Cotsch ordentlich zusammenbrüllt. Bei mir bleibt er meistens cool. Stattdessen guckt er mich aus seinen traurigen Augen an, was noch viel schlimmer ist. Da kriege ich gleich ein schlechtes Gewissen und denke: «Papa fühlt sich ungeliebt.» Ich lege das Handtuch beiseite, und Papa reicht mir ein kleines Päckchen mit einem aufgemalten Schweinekopf. Demselben, der unten auf die Straße gemalt wurde! Darunter steht in dieser immer kleiner werdenden Schrift «I've got the Blues».

«Das hat vorhin ein Junge für dich abgegeben.»

«Wann denn?»

«Na, als du weg warst. Wie spät mag es gewesen sein? Gegen eins vielleicht.»

«Hat der einfach geklingelt und ist hochgekommen?»

«Ja, der stand hier plötzlich vor der Tür. So einer mit langen Haaren. Wie Arthur.»

«Das war Marcel.»

«Ja, der sah ganz pfiffig aus.»

Ich muss nicht sagen, wie sehr ich mich freue und wie gespannt ich bin, was in dem Päckchen ist. Das packe ich gleich auf der Fahrt zum Chor aus. Jetzt müssen wir aber erst mal los, damit ich auf keinen Fall zu spät komme. Mein Bestreben im Leben ist, alles richtig zu machen, um ja nicht von irgendwem angeschimpft zu werden. Und so ein Kunkel-Gebrüll würde meine jetzige Stimmung echt ungut beeinflussen. Das wäre doch schade.

«Papa, wir müssen los.»

«Ich bin fertig.»

«Super. Ich auch.»

Ich renne ins Hinterzimmer, um meine schwarze Chormappe zu holen, tusche mir nochmal schnell die Wimpern nach und dann geht es los, das Treppenhaus runter, raus auf die Straße, und da sagt Papa:

«Wir müssen noch ein kleines Stück zu Fuß gehen. Das Auto steht am Waldrand. Hier war heute morgen kein Parkplatz mehr frei.»

Jetzt werde ich doch ein bisschen unruhig. Wenn Papa sagt, «Wir müssen noch ein kleines Stückchen zu Fuß gehen», heißt das, dass wir ungefähr zwanzig Minuten im Stechschritt hinter uns bringen müssen.

Wir marschieren los, und obwohl die Autos mit ziemlicher Geschwindigkeit angerast kommen, rennen wir trotzdem über die Straße. Die Autofahrer hupen, und Papa sagt:

«Die fahren viel zu schnell.»

Ich sage nichts. Immer muss er anderen die Schuld für sein eigenes Fehlverhalten geben. Ich finde, der sollte mal anfangen, sein eigenes Leben zu reflektieren, da wäre allen geholfen. Zum Beispiel Mama. Oder mir. Ich meine, er hätte ja mal vorher dran denken können, dass das Auto zehn Kilometer weiter weg steht. Dann hätte ich nämlich doch mein Fahrrad genommen und müsste nicht hinter ihm quer durch den Wald hetzen. Na ja. Sowieso würde ich mich jetzt viel lieber auf das Fensterbrett im Hinterzimmer setzen, die Beine baumeln lassen, in der Sonne eine Zigarette rauchen und mich dabei in der aufgeklappten Fensterscheibe betrachten. Nach der Zigarette würde ich das Päckchen von Marcel auspacken, ihn anrufen und ganz entspannt sagen: «Wir sollten uns treffen.» Stattdessen keuche ich hinter Papa her, damit ich mich noch rechtzeitig in der Schmierseifen-Aula zum Appell einfinde. Endlich schlägt sich Papa nach links durch die Büsche, ich krieche hinterher, und am Straßenrand steht unser Auto. Papa schließt die Türen auf, wir springen rein.

«Dass einen diese Idioten immer so zuparken müssen!»

Papa dreht hektisch das Lenkrad hin und her, um aus der Parklücke rauszukommen, was noch eine Weile dauern wird. Mit dem Päckchen auf den Knien, versuche ich gelassen zu bleiben, bringt ja nichts, sich aufzuregen. Ich sage nur: «I've got the Blues.» An uns rauschen die Autos vorbei, auf der Windschutzscheibe liegen Lindenblüten, die Sonne bricht durchs Laub. Wunderschön ist das, wäre ich nicht so in Eile. Endlich blinkt Papa, und wir sausen los, durch den Wald. Am Ende ist blauer Himmel, da müssen wir hin. Papa drückt aufs Gas, ich öffne das Päckchen. Das geht ziemlich leicht, weil es nur mit Tesafilm zugeklebt ist. Drinnen liegt ein Stück zerknüllter grauer Stoff, ich nehme ihn heraus, und dabei plumpst mir etwas in den Schoß. Der Stein aus Simbabwe! Eingefasst in zwei Kupferklammern, auf eine lila Kordel aufgezogen. Dieser Anhänger ist genau mein Stil! Um das Kunstwerk besser betrachten zu können, halte ich die Kordel oben am Knoten fest, so dass der Stein leicht hin und her pendelt.

«Guck mal, Papa.»

«Was ist das?»

«Das hat mir Marcel gebastelt.»

«Ist das Knete? Oder was hängt da unten dran?»

«Quatsch! Das ist ein Stein!»

«Ich hätte auf die lila Kordel verzichtet. Ein dünnes Lederband wäre passender gewesen.»

Das ist auch wieder typisch Papa. Immer hat er noch einen Verbesserungsvorschlag auf Lager. Ich meine, ist es nicht einfach nur großartig, dass mir ein anderer Mensch etwas gebastelt hat? Das muss man sich mal vorstellen: Während dieser kniffligen Handarbeit hat Marcel wahrscheinlich nur an mich gedacht und sich überlegt, wie der Anhänger wohl an meinem Hals aussieht. Das zündet so was von rein, das ist einfach genial!

Der Stein liegt auf meinem Brustbein, wir kommen aus dem Wald, fahren links am Park entlang, biegen in eine Seitenstraße mit schicken Villen ab, an geparkten Autos und Mädchen mit Faltenröcken und Chormappen vorbei. Es ist sieben vor vier. Ich komme also gerade rechtzeitig. Vielleicht habe ich sogar noch Zeit, mich mit Tessi über Marcel auszutauschen. Auf jeden Fall darf ich nicht vergessen, mich zuerst nach den Fischen zu erkundigen. Papa hält in der zweiten Reihe, und ich ziehe meine zerfledderte Mappe vom Rücksitz.

«Danke, Papa.»

«Ja, ja, ja. Schon gut.»

«Bis später dann.»

«Ich würde die Kordel durch ein Lederband ersetzen. Das könnte die Geschichte abrunden.»

«Ja, mal sehen.»

Die Autotür drücke ich vorsichtig zu, weil Papa es nicht leiden kann, wenn man die so zuschmeißt. Dann fährt er weiter zum Baumarkt, und ich winke hinterher. Papa bastelt echt den ganzen Tag, irgendwas zum Rumpfriemeln findet er immer, nur um nicht arbeiten zu müssen. Leider bringt er die meisten Vorhaben nicht zu Ende. Wie zum Beispiel die Sache mit dem Geländer, das er bei uns zu Hause abmoniert hatte, um dafür ein neues dranzubauen. Leider ist das nie passiert, sodass Cotsch, als sie auf Socken die Treppe runtergerannt kam, direkt in den Keller geflutscht ist und sich ein Bein gebrochen hat. Das passiert ihr allerdings öfter mal, sie hat nämlich Glasknochen oder wie man das nennt.

Als ich am Haupteingang ankomme, fängt zwischen den Chormädchen gleich das wilde Geknutsche an. Ich halte mich vornehm zurück, weil ich dieses Rumgemache echt affig finde. Ich verschränke die Arme vor der Brust, klemme meine Chormappe dazwischen und gehe schnell durch die Pausenhalle in Richtung Aula. Auf dem Weg dahin kommt mir meine alte Freundin Alice entgegen. Ich winke ihr zu, aber sie ignoriert mich einfach und stürzt sich stattdessen auf ein Mädchen hinter mir. «Hallo, geliebte Sofie!» Im Chor bin ich wirklich nur zweite Garnitur für Alice, obwohl wir früher ziemlich gut befreundet waren. Schließlich sind wir zusammen aufgewachsen. Aber beim Chor scheint sie sich nicht daran zu erinnern, weil sie sich bei den anderen zwanghaft anbiedern muss. Dieses Gehabe nimmt echt schon krankhafte Züge an, wie bei ihrer Mutter. Die macht sich auch immer an alle Frauen aus der Nachbarschaft ran, nur Mama gegenüber benimmt sie sich unmöglich, weil sie weiß, dass die ihr treu ergeben ist. Die zwei sollten sich was schämen!

Durch die kühle Aula, rauf zur Bühne, wo im Halbkreis fünf Stuhlreihen aufgestellt sind. Tessi sitzt schon auf ihrem Platz und hat wieder mal einen unmöglichen Pullover an: hellbraun, mit aufgestickten bunten Schmetterlingen auf der rechten Schulter. Ich frage mich, ob sie nicht endlich mal schnallen will, in welchem Jahrzehnt wir eigentlich leben. Dazu hat sie diese schlimme Frisur: Haare, die wie ein Zelt vom Kopf abstehen, eine goldene Schleife obendrauf. Trotzdem mache ich bei ihr eine Ausnahme mit dem Chormädchen-Begrüßungsritual. Ich breite die Arme aus, und Tessi schmeißt sich rein.

«Wie geht's den Fischen?»

«Frag nicht. Meine Mutter ist total am Ende. Das Wohnzimmer muss komplett renoviert werden, weil sich überall an den Fußleisten die Tapete ablöst.»

«Scheiße.»

«Ja, voll. Vor allen Dingen hat meine Mutter das gerade erst machen lassen.»

«Ich fand die Party aber trotzdem toll! Vor allem Blockshock.»

«Hast dir ja auch gleich den Schlagzeuger geangelt.»

«Wir haben einfach nur ein bisschen bei mir rumgesessen.»

«Sonst nichts?!»

«Nö. Wieso?»

«Na ja, der lässt normalerweise nichts anbrennen.»

«Woher weißt du das?»

«Der hatte doch sogar schon was mit Alice!»

«Quatsch!»

«Doch! Die hat er aber sitzen lassen.»

«Ich kotze!»

Leute, wenn ich richtig kombiniere, ist Marcel schuld daran, dass Mama neulich nachts zu Rita rüber musste, um ihr die Fersen zu massieren. Ich fasse es nicht! Marcel hatte was mit Alice. Das zündet echt überhaupt nicht. Ich meine, jetzt wüsste ich schon gerne, warum er Alice hat sitzen lassen. Und: Wird er das Gleiche mit mir machen? In dem Fall könnte Mama mir auch mal eine Runde die Füße massieren!

«Tessi, meinst du, der macht das auch mit mir?»

«Glaub ich nicht. In der Schule hat der sich ziemlich auffällig benommen.»

«Wieso? Wie denn?»

«Der wollte unbedingt deine Telefonnummer haben.»

«Hast du sie ihm gegeben?»

«Das durfte ich doch, oder?»

«Logisch. Übrigens war ich heute bei euch in der Schule.»

«Ich hab dich gar nicht gesehen.»

«Weil ich mit Barry auf dem Spielplatz eine geraucht habe.»

«Lass bloß die Finger von dem. Der denkt, er ist Gott.»

«Ich will doch gar nichts von dem.»

«Ich sag's ja nur.»

«Guck mal, was Marcel mir vorhin in einem Päckchen vorbeigebracht hat.»

Ich zeige Tessi die Kordel mit dem Stein, und Tessi fummelt fasziniert daran herum.

«Hat er das selber gemacht?»

«Ja.»

«Mann, der liebt dich wirklich!»

«HE, IHR ZWEI! WENN DA NICHT GLEICH RUHE IST, FLIEGT IHR RAUS!»

Himmel, jetzt haben wir uns aber erschrocken. Blitzschnell springen wir von unseren Plätzen auf und gucken artig zur Kunkligen, die mit ihrem Taktstock rumfuchtelt und richtig sauer ist. Die Kunklige ist echt eine Bitch. Die freut sich, wenn Tessi und ich rot anlaufen. Am liebsten würde ich ganz laut sagen: «Wissen Sie eigentlich, wen Sie vor sich haben?» Ich schwöre es, irgendwann rafft die es auch noch, dass ich gesangsmäßig echt was auf dem Kasten habe. Ich bin ein echter Burner! Zumindest sehe ich besser aus als alle anderen hier im Chor, und das tröstet mich. Hauptsache, Marcel weiß meine Einzigartigkeit zu schätzen. Gerade mache ich mir allerdings ein bisschen Sorgen, hinterher ist das so ein Typ, der den Mädchen Schweine auf die Straße malt, nur um sie zu benutzen und wegzuwerfen. So, wie Cotsch das mit ihren Jungs macht. Leider kann ich Tessi über die Angelegenheit nicht weiter ausquetschen, weil die Kunklige mich genau im Visier hat. So ein Mist.

Als Erstes machen wir blöde Stimmübungen. Das geht richtig an die Substanz, tief ins Zwerchfell atmen, dabei immer nur ein und denselben Ton singen. Jetzt sollen wir auch noch unserer Nachbarin die Hände auf Bauch und Rücken legen, um zu prüfen, ob sie auch wirklich die richtige Atemtechnik anwendet. Ich will mich schon Tessi zuwenden, da schreit die Kunklige:

«NICHT, DASS EUCH BEIDEN EINFÄLLT, DIE ÜBUNG ZUSAMMEN ZU MACHEN!»

Dann mache ich die Übung eben mit Carmen. Die leidet auch unter Magersucht, seitdem sie als Austauschschülerin in Amerika war. Allerdings sieht man ihr das gar nicht so richtig an, weil sie merkwürdigerweise ziemlich pummelig ist. Deswegen ist Carmen echt am Ende. Sie sagt: «Obwohl ich nichts esse, nehme ich ständig weiter zu.» Da kann man nichts machen, ihr Stoffwechsel ist wahrscheinlich kaputt. Ich vermute, das liegt an dem ständigen Lutschen von Süßstofftabletten. Carmen hat immer einen Süßstoffspender dabei, weil sie ohne das Zeug durchdreht. Sie legt ihre Hände auf meinen Rücken und meinen Bauch, ich atme ordentlich rein, weil ich weiß, wie schlimm es für sie ist, mich anzufassen und meine Rippen zu spüren. Danach bin ich bei ihr dran und ich fühle, dass an ihr alles weich ist. Carmen tut mir echt Leid. Darum lächle ich sie zum Schluss an, und Carmen wispert:

«Ich will auch so dünn sein wie du.»

Ich zucke nur mit den Schultern, damit sie denkt, dass ich auf solche Äußerlichkeiten keinen Wert lege. Außerdem will ich nicht nochmal von der Kunkligen angeschrien werden. Endlich dürfen wir uns hinsetzen, und mein Rücken tut von diesem Gestehe richtig weh, sodass ich mich gleich mal ein bisschen dehne und strecke. Das ist zum Glück erlaubt. Also verschränke ich die Hände hinter dem Kopf, damit ich mein Gesicht hinter den angewinkelten Ellenbogen verbergen kann. Tessi macht es genauso und flüstert mir zu:

«Vielleicht verlobt ihr euch ja auch bald. Dann können wir Doppelhochzeit feiern.»

Ich nicke begeistert, obwohl ich weiß, dass diese Idee für mich nicht infrage kommt. Niemals werde ich mit Tessis Familie meine Hochzeit feiern. Das kann nur im Fiasko enden. Hinterher macht sich ihre hungrige Mutter noch an Marcel ran, oder Cotsch. Die sollte am besten auch gleich zu Hause bleiben. Schließlich hat die sogar mal versucht, sich an Arthur ranzuschmeißen. Aber für die Aktion war er echt der falsche Ansprechpartner. Arthur ist nämlich sehr treu, und wahrscheinlich ist er mir jetzt auch treu, guckt sich abends allein den Sonnenuntergang über der Steppe an, im Vordergrund stehen so ein paar Giraffen. Ich bin eigentlich schon nicht mehr treu, schließlich habe ich bereits eine Kette von Marcel um den Hals hängen. Und irgendwie weiß ich: Er meint es ernst! Aus uns wird ganz was Heißes.

«Ave-Maria!»

Wir klappen unsere Mappen auf, die Kunklige gibt den Ton an, und wir singen los. Obwohl wir dabei immer schön zu der Kunkligen sehen sollen, schiele ich an ihr vorbei. Ich habe nämlich keine Lust, mich dirigieren zu lassen. Das können die anderen Mädchen mit sich machen lassen. Sowieso habe ich keine Probleme, im Takt zu bleiben. Das Ave-Maria kann ich im Schlaf singen. Lieber gucke ich hoch zu den Oberlichtern, hinter denen Teile von Baumkronen in der Nachmittagssonne glitzern. Irgendwo da draußen läuft jetzt Marcel durch die Gegend, ich würde gerne mit ihm laufen. In der Pause rufe ich ihn vom Schultelefon an und bedanke mich ganz ungezwungen für den Anhänger. Vielleicht habe ich ja Glück, und er ist zu Hause. Hauptsache ich habe Kleingeld dabei.

«ELISABETH, HIER SPIELT DIE MUSIK!»

Die Kunklige sieht mich mit zusammengekniffenen Augenbrauen an, und mir wird heiß und kalt. Ich will nicht die ganze Zeit angebrüllt werden. Tessi guckt kurz zu mir rüber und macht so ein fragendes Gesicht. Ich presse die Lippen zusammen, damit sie weiß, dass es mir gerade reicht. Dieser Chor ist nichts für mich. Hier geht es nicht ums Singen, sondern um Gehorsam, und dafür bin ich echt nicht geschaffen. Darum würde ich gerne aufstehen und gehen. Aber das kann ich echt nicht bringen. Dann bräuchte ich nie wiederzukommen, was eigentlich auch nicht so schlimm wäre. Auf die Chorfreizeit will ich sowieso nicht mehr mit, weil ich echt lieber auf Barrys Party gehen würde. Aber Mama hat ja leider schon bezahlt. Also bleibe ich sitzen.

In der Pause rennen Tessi und ich schnell in die Pausenhalle. Tessi will als Erste am Schulkiosk stehen, und ich renne weiter den verglasten Gang hinunter, zum Hausmeisterhäuschen mit dem Wandtelefon. Da drücke ich mir den Hörer ans Ohr, sehe zur Beruhigung in den kleinen Innenhof hinaus, wo die Schüler einen Teich angelegt haben. Am Rand ist noch etwas von der schwarzen Folie zu sehen, auf die ein paar Pflanzen und Steine platziert wurden, damit das Ganze natürlich aussieht. Es tutet, mein Herz schlägt wie verrückt, und am anderen Ende meldet sich so eine Art Mickymaus-Stimme:

«Hallo?»

«Guten Tag, ich hoffe, ich störe nicht.»

...

«Ich, äh, ich würde gerne mit Marcel sprechen. Ist das möglich?»

Der Hörer wird irgendwo draufgehauen, und die Mickymaus-Stimme ist ganz weit weg:

«Marce-hel, Marce-hel, Telefon!»

...

«Hallo?»

«Hallo, hier ist Lelle. Bist du's, Marcel?»

«Ja.»

«Wer war das denn eben?»

«Meine kleine Schwester.»

«Aha ... Wie geht's deinem Arm?»

«Okay.»
«Ich wollte mich für die Kette bedanken. Die ist echt schön.»
«Nichts zu danken. Ich hab's vorhin schon bei dir versucht, aber dein Vater meinte, du bist beim Chor.»
«Da bin ich immer noch.»
«Und, wie isses?»
«Scheiße. … Wollen wir uns heute Abend vielleicht treffen?»
«Klar. Wo denn?»
«Am Pferdebrunnen? Dann können wir noch ein bisschen spazieren gehen.»
«Klar. Wann denn?»
«So um sieben?»
«Coole Sache.»
«Finde ich auch. Bis dann.»

Leute, es hat geklappt! Das gibt mir Aufschwung! Wie beim Sportunterricht in der Grundschule hüpfe ich den Gang hinunter, durch die Pausenhalle, wo die Mädchen mit ihren Kakaobechern sitzen und quatschen. Manche stehen auch Arm in Arm, kuscheln sich so ein bisschen aneinander. Mir wäre das echt zu intim. Das hat schon fast was Sexuelles. Aber für diese Mädchen scheint das zum Chorleben dazuzugehören. Alice pflanzt sich sogar manchmal auf den Schoß von einer ihrer vielen Sangesfreundinnen. Kein Wunder, dass Marcel sie hat sitzen lassen. Tessi hat zum Glück nicht solche Anwandlungen, darum ist sie auch meine Freundin.

Ich drücke die Glastür nach draußen auf, wo Tessi auf den Stufen zum Haupteingang sitzt. Ich laufe von hinten auf sie zu und hocke mich neben sie. Gerade ist sie dabei, sämtliche Grasbüschel aus den Fugen zu rupfen, dazu schlürft sie mit einem Strohhalm Kakao aus dem Becher.

«Und?»
«Wir treffen uns heute Abend.»
«Oh, Mann. Das ist so aufregend.»

«Findest du es eigentlich schlimm, dass ich mich mit Marcel treffe? Ich meine, wegen Arthur.»

«Nö. Du weißt ja nicht mal, ob er wiederkommt.»

«Und wenn er doch wiederkommt, und ich habe einen neuen Freund?»

«Dann hat er eben Pech gehabt. Schließlich ist er weggegangen.»

«Ja, aber nur weil er dachte, dass unsere Liebe das aushält.»

«Liebst du ihn denn?»

«Irgendwie schon.»

«Und warum triffst du dich dann mit Marcel?»

«Vielleicht, weil er mich an Arthur erinnert.»

«Ja, oder weil du dich in ihn verliebt hast.»

«Aber wie geht das, wenn ich gleichzeitig auch noch Arthur liebe?»

«Meine Mutter war auch mal mit zwei Männern gleichzeitig zusammen.»

«Das kann ich nicht.»

«Wann hat sich Arthur denn das letzte Mal gemeldet?»

«Vor einem Monat kam ein Brief von ihm an.»

«Und wann hat er dich zum letzten Mal angerufen?»

«Vor sechs Wochen.»

«Ich würde sagen, der hat kein Interesse mehr.»

Tessi hält mir ihren Kakao hin, aber ich schüttle den Kopf. Niemals würde ich von ihrem Kakao trinken. Erstens wegen der Kalorien, zweitens weil ich es grundsätzlich eklig finde, sich mit Leuten Milchprodukte zu teilen, und drittens habe ich kein Bedürfnis, die Spucke von Tessi in meinem Mund zu haben. Bei manchen Leuten macht einem das ja nichts aus, bei Tessi schon. Ich weiß nicht, woran das liegt. Wenn ich mir vorstelle, wie sie mit ihrem Verlobten Sex hat, finde ich das auch eklig. Vielleicht liegt das an ihren großen Brüsten.

Als der Chor endlich zu Ende ist, nehmen Tessi und ich ganz schnell unsere Mappen, quetschen uns an den Mädchen vorbei, rennen raus aus der Aula, durch die Pausenhalle, den Haupteingang zum Fahrradständer. Da schließt Tessi ihr Fahrrad auf und zieht es aus dem Ständer. So lange halte ich ihre Mappe.

«Soll ich dich hinten drauf nehmen?»

«Ja, ich hab's nämlich eilig!»

Es dauert eine Weile, bis Tessi ihr Gleichgewicht findet und wir losfahren können. Runter vom Bordstein, rauf auf die Straße.

«Aua!»

«Entschuldigung.»

«Macht nichts.»

Tessi tritt tüchtig in die Pedale, ich halte meine Fußspitzen hoch, damit sie nicht über den Boden schleifen. Wir kommen gut voran, über den Zebrastreifen, in den Wald hinein. Hier ist es gleich ein bisschen kühler als auf der Straße, die Baumkronen wiegen sich im Wind, und wir sind echt froh, dass der Chor vorbei ist. Auf den Lichtungen packen die Leute ihre Handtücher und Sonnenmilch zusammen, um sich mit den Leuten abzuwechseln, die grillen wollen. Im Sommer ist auf den Lichtungen immer was los. Und ich will auf jeden Fall noch duschen, bevor ich mich mit Marcel treffe. Das wird fast ein bisschen knapp, weil es schon zwanzig nach sechs ist.

«Los, Tessi, fahr schneller!»

«Ich kann nicht!»

«Du musst!»
«Ich kann nicht!»
«Ich komme aber sonst zu spät!»

Tessi strampelt, und ich überlege, was ich nachher anziehen soll. Am besten das orange T-Shirt und die Jeans, die ich anhabe. Das Problem ist nur, dass ich das T-Shirt am Montag schon beim Sport in der Schule anhatte. Das muss ich also auch noch schnell waschen. Tessi soll bloß Gas geben. Oder ich rufe Marcel an und frage, ob wir uns ein bisschen später treffen können. Das ist aber auch peinlich. Hinterher wecke ich die kleine Schwester auf, das gibt Ärger. Wann gehen Kinder eigentlich ins Bett? Ich nehme an, so um sieben. Dann könnte ich doch noch anrufen. Aber vielleicht steht Marcel gerade unter der Dusche, und zum Schluss wird ihm von der Mickymaus was Falsches ausgerichtet, sodass er denkt, ich hätte abgesagt. Nee, ich muss gucken, dass ich's schaffe. Wir kommen aus dem Wald raus, Tessi hält an der Fußgängerampel. Ich springe ab und sage:

«Merci, ich laufe den Rest.»
«Okay. Viel Spaß heute Abend!»
«Ja. Bis morgen!»

Die Ampel schaltet auf Grün, Tessi fährt los, ich rase auch los, quer über den Kirchplatz, über die Kopfsteinpflasterstraße, stecke den Schlüssel ins Schlüsselloch, stoße die Tür auf, renne hoch in den dritten Stock. Oben ist die Bürotür mehrfach abgeschlossen, das heißt, Papa ist schon weg. Da wird sich Mama aber freuen, sonst muss sie nämlich immer mit dem Abendessen auf ihn warten, weil er gerne spät nach Hause fährt. Ich schmeiße die Tür zu, renne den Gang entlang ins Hinterzimmer und erblicke als Erstes das Arthur-Bild. Trotzdem reiße ich mir die Kleider vom Leib, rupfe ein Handtuch aus dem Schrank und renne ins Badezimmer. Da wühle ich das orange T-Shirt aus der Wäscheplastiktüte, die Mama gerne mit nach Hause nimmt, wenn sie voll ist, und lasse Wasser ins Waschbecken laufen. Ich drücke ordentlich Duschgel dazu, wasche das Ganze gut durch, damit es frisch riecht. Als das erledigt ist, wringe ich es in dem Handtuch aus, renne damit zurück und hänge es aus dem Fenster, damit es schon mal vortrocknen kann, während ich dusche.

Das Wasser ist so kalt, dass man davon echt ohnmächtig werden könnte. Ich mache also ganz schnell, rubble mich mit dem klitschnassen Handtuch so gut es geht ab, renne zurück in mein Zimmer, ziehe mir eine frische Unterhose an, meine alte Jeans drüber. Dann renne ich mit dem nassen T-Shirt wieder zurück ins Bad, um es mit dem Föhn trocken zu föhnen. In zehn Minuten muss ich los. Bis dahin könnte das T-Shirt fast trocken sein. Ich kenne mich da aus, weil ich sogar schon mal eine klitschnasse Jeans trocken geföhnt habe. Das war dieses Frühjahr, als ich mit Alice und ihrer Familie auf Teneriffa war. Am Abschiedsabend wollte ich unbedingt meine Jeans anziehen, die Rita aus Versehen in der Club-Waschküche mitgewaschen hatte. Bei der Aktion ist dann leider auch ihr Föhn durchgebrannt, was mir heute hoffentlich erspart bleibt. Natürlich habe ich die Sache mit dem Föhn für mich behalten, genau, wie ich für mich behalten habe, dass ich mein Laken habe verschwinden lassen. Das musste sein, weil da so ein paar unschöne Flecken drauf waren und Rita so eine Quatschtante ist. Die hätte sonst garantiert in der ganzen Nachbarschaft rumerzählt: «Lelle hat auf mein weißes Laken geblutet.» Genau wie sie damals überall rumerzählt hat, dass «Alice jetzt ihre Tage» hat.

So, nun sollte ich aber wirklich los, obwohl das T-Shirt an den Ärmeln doch noch ziemlich nass ist. Macht nichts. Draußen trocknet es bestimmt gleich. Jetzt muss ich mir nur noch ein paar schicke Armbänder ummachen, die Zigaretten einstecken, Wimpern tuschen und losrennen. Ich bin heute echt nur am Rennen. Das kann nicht gesund sein.

Gerade als ich schon fast draußen bin, klingelt im Sekretariat das Telefon. Natürlich denke ich sofort, dass das Marcel ist, der mir absagen will. Ich flitze los, aus Furcht, er könnte auflegen, bevor ich abgenommen habe. Ich reiße den Hörer hoch und presse ihn an mein Ohr.

«Büro für Landschaftsgestaltung. Hier spricht Lelle.»

«Hier ist Cotsch.»

«Was gibt's? Ich bin in Eile.»

«Ich wollte dich mal kurz was fragen.»

«Was denn?»

«Ich hab da so einen Typen kennen gelernt.»

«Ja, und?»

«Mit dem würde ich gerne heute die Nacht im Hinterzimmer verbringen.»

«Was? Wieso das denn?»

«Weil wir nicht zu ihm können.»

«Ja, und wo soll ich hin?»

«Die eine Nacht kannst du ja wohl mal zu Hause pennen.»

«Auf keinen Fall.»

«Los, Lelle! Ich muss die ganze Zeit bei Mama und Papa pennen. Einmal können wir doch tauschen.»

«Nee, echt nicht.»

«Du bist so scheiße, Lelle. Ich hasse dich!»

Cotsch hat echt einen an der Waffel! Ich will doch nicht, dass die mit einem fremden Typen in meinem Bett rummacht. Schönen Dank. Die Vorstellung, nochmal eine Nacht in meinem alten Kinderzimmer zu verbringen, törnt mich überhaupt nicht an. Da muss Cotsch selber sehen, dass sie eine Lösung findet. Sowieso weiß niemand, wie und wo meine ganz persönliche Nacht heute endet. Los geht's!

Ich ziehe die Bürotür zu. Jetzt muss ich mich konzentrieren, dass ich auch ja zweimal abschließe, weil sich so viel wertvolles Material im Geschäft befindet. Computer und so was. Wenn das wegkommt, kann Papa dichtmachen. Ich habe die totale Verantwortung. Sowieso kann es Probleme mit der Versicherung geben, sollten die merken, dass ich hier wohne. Darum muss ich mich unauffällig verhalten, wenn ich hier ein und aus gehe. Aus diesem Grund durfte Cotsch, obwohl sie natürlich wollte, nicht das Hinterzimmer beziehen. Die kann sich eben nur schwer im Zaum halten. Ich schließe die Tür sorgfältig ab, renne das Treppenhaus wieder runter und stehe mit meinem nassen T-Shirt in sommerlicher Abendluft.

Als ich aus der Passage komme, sehe ich Marcel schon auf den Stufen des Pferdebrunnens sitzen. Seine dicke Lammfelljacke hat er über die Knie gelegt, die Haare hängen ihm vors Gesicht, zwischen den Fingern hat er eine Zigarette. Ich hoffe, dass er erst den Kopf hebt, wenn ich vor ihm stehe. Ich fühle mich immer so blöd, wenn ich beim Gehen beobachtet werde. Das liegt an meinen X-Beinen, die ich von Papa geerbt habe. Der hat nämlich auch welche. Cotsch ist davon verschont geblieben, und ich bin echt ein bisschen neidisch auf ihre geraden Beine. Dafür habe ich schönere Füße, ebenfalls von Papa geerbt. Ich gehe an den Tischen vom Eiscafé San Marco vorbei und gerade, als mir ein kleiner gefleckter Hund am Schuh rummacht, sieht Marcel hoch. Sofort steht er auf, kommt mir schief lächelnd entgegen. Wie in Zeitlupe bewegen wir uns aufeinander zu, bleiben endlich voreinander stehen.

Wir geben uns rechts und links ein Küsschen, dabei zittern wir, und Marcel zieht gleich wieder an seiner Zigarette.

«Sag, was wollen wir machen?»

«Vielleicht ein bisschen im Wald spazieren gehen?»

Wir gehen an den Cafétischen vorbei, wo lauter Pärchen sitzen und sich gegenseitig aus riesigen Eisbechern füttern. Der Eisbecher heißt Dolce Vita und ist für zwei Personen gedacht. Das weiß ich, weil Cotsch sich den immer bestellt, wenn sie hier in der Gegend ist. Allerdings schafft sie den gut alleine.

Marcel hat seine Jacke über die Schulter gehängt, schnippt

seinen Zigarettenstummel in einen Gully und schleudert die Haare nach hinten. Er hat so einen merkwürdigen Gang. Bei jedem Schritt hüpft er richtig in die Luft und geht danach in die Knie, so, als würde er mit solchen Bugs-Bunny-Spiralenschuhen rumlaufen. Aber das stört mich nicht. Viel wichtiger ist jetzt, Marcel zu zeigen, was für ein guter Fang ich bin. Das geht am besten, indem ich mich unauffällig anpreise:

«Ich mache übrigens auch Schmuck.»

«Echt?»

«Ja, früher habe ich welchen aus Fimo gemacht. So bunte Ohrringe und Schlüsselanhänger. Aber inzwischen konzentriere ich mich eher auf Perlenarmbänder. Guck, wie dieses.»

Ich halte Marcel meinen Arm hin, damit er gucken kann. Das Band habe ich neulich auf so einem Kinder-Webrahmen selbst gewebt, was ziemlich kniffelig war. Die Anleitung dafür hatte ich aus diesem Bastelbuch, was Cotsch und ich mal vor zehn Jahren von Studienfreunden von Mama und Papa bekommen haben. Das Band ist echt aufwendig, und ich wette, so eins hat kein Zweiter in dieser Stadt. Marcel gehen auch die Augen über:

«Wow! Das ist richtig abgefahren.»

Genau das wollte ich hören! Und in diesem Moment entscheide ich, dass ich ihm auch so ein Band machen werde. Das behalte ich natürlich für mich. Schließlich soll es ja eine Überraschung werden. Wir gehen weiter, durch die schattige Passage, kommen auf der anderen Seite wieder raus, laufen über die Straße, über den Platz, an der Spielhalle vorbei, quer über den Kirchplatz, über die Ampel in den Wald hinein. Mit nassem T-Shirt ist es fast ein bisschen kühl. Ich verschränke die Arme vor der Brust, und Marcel sagt gleich:

«Ist dir kalt?»

«Ein bisschen.»

«Willst du meine Jacke haben?»

Er hängt mir seine Jacke um, ich stopfe meine Arme in die Ärmel, und um mich herum riecht es nur noch nach Schaf, und mir ist schön warm.

«Merci.»

«Kein Ding. Wollen wir uns auf die Lichtung setzen?»

«Okay.»

Wir nehmen die Abkürzung, unter tief hängenden Ästen hindurch, Stöckchen knacken unter unseren Füßen, eine Amsel hüpft durchs Unterholz davon. Marcel hilft mir, als ich mit meinen Haaren an einem Zweig hängen bleibe. Dann bin ich wieder frei, und wir setzen uns mitten auf die Lichtung, zwischen die grillenden Leute, und drehen uns mit Marcels Tabak Zigaretten. Das Zeug ist ziemlich stark, mir wird gleich ein wenig schwindlig, ich würde mich gerne kurz hinlegen. Oder ein Stück Brot essen. Das habe ich heute noch gar nicht gemacht, und Mama sagt immer: «Iss wenigstens ein bisschen, sonst stirbst du an einer Herzbeutelentzündung.» Ich will nicht sterben. Jedenfalls nicht grundsätzlich. Im Moment ist doch alles sehr schön, da sollte man gucken, dass man noch ein bisschen durchhält. Plötzlich bin ich ganz unruhig, weil ich denke, dass es wirklich wichtig wäre, etwas zu essen, um am Leben zu bleiben. Marcel dreht sich fröhlich weiter Zigaretten und hält mir den Tabak hin. Ich schüttle den Kopf:

«Ich glaube, ich muss mal was essen.»

«Soll ich dir was beim Kiosk holen?»

«Nee, ich hätte lieber einen Apfel, oder ein Stück Brot.»

«Dann lass uns doch zu mir gehen. Meine Eltern sind nicht da.»

Marcel steht auf, reicht mir die Hand, zieht mich hoch, und dann gehen wir ziemlich schnell zurück.

«Tut mir Leid, aber ich habe plötzlich so großen Hunger gekriegt.»

«Ist doch gut, wenn du was essen willst.»

«Hast du keinen Hunger?»

«Nö. Ich habe mir gerade noch die Lasagne von gestern warm gemacht.»

«Wie alt ist eigentlich deine Schwester?»

«Fünf. Die geht mir voll auf die Nerven mit ihren Freundinnen. Die rennen den ganzen Tag durch die Wohnung und heulen rum.»

«Und dein Bruder?»

«Der ist zwanzig.»

«Wohnt der auch noch zu Hause?»

«Ja, aber der sucht sich gerade was Eigenes.»

Als wir aus dem Wald rauskommen, geht hinter der Kirche die Sonne orangerot unter, und vor uns auf der holprigen Kopfsteinpflasterstraße leuchtet der Schweinekopf. An dieser Stelle muss ich nochmal festhalten, dass sich Marcel für mich schon ziemlich ins Zeug gelegt hat, was ich echt romantisch finde.

«Der Schweinekopf ist so toll!»

«Ja? Gefällt er dir?»

«Klar. Mein Vater hat ihn heute sogar vom Balkon runter fotografiert.»

«Ach, Quatsch!»

«Doch, echt. Dabei ist er fast runtergefallen.»

«Dein Vater scheint ein cooler Typ zu sein.»

«Geht so.»

«Warum?»

«Der macht nichts anderes, als im Geschäft seine Pflanzen zu gießen.»

«Bist du deshalb ins Hinterzimmer gezogen, um ihn öfter zu sehen?»

«Nee. Ich hab's zu Hause einfach nicht mehr ausgehalten.»

«Warum das denn nicht?»

«Meine Eltern vertragen sich nicht sonderlich gut. Darum will sich meine Mutter auch scheiden lassen.»

«Bist du deswegen magersüchtig?»

«Kann sein.»

Ich finde, wenn man sich näher kommen will, muss man gleich die Karten auf den Tisch legen. Es bringt ja nichts, eine Problematik zu verheimlichen. Irgendwann kommt sie sowieso ans Licht, und Marcel soll mich so mögen, wie ich bin, und überhaupt stellt sich die Frage, was passiert, wenn wir bei ihm sind und ich was gegessen habe.

«Ich hol mir noch ein Bier. Willst du auch eins?»

«Klar.»

«Eins oder zwei?»

«Eins.»

Okay, Leute, ich habe noch nie Bier getrunken und trinke auch sonst keinerlei Alkohol, weil mir das nicht schmeckt. Einmal habe ich zu Silvester Sekt probiert und danach gedacht: «Lelle, das kannst du dir sparen!» Aber wenn Marcel ein Bier trinkt, kann es ja nicht schaden mitzumachen. Vielleicht wird es ganz lustig. Wir halten am Zeitungskiosk an, und Marcel steckt sich die erstandenen Bierflaschen in die Vordertaschen seiner viel zu großen Jeans, sein weißes Hemd hängt darüber. So gehen wir durch die Passage, über die Straße, an der Grundschule vorbei zu ihm nach Hause.

Leute, wir stehen vor Marcels Haus! Wir treten ein, steigen die Stufen hinauf, im dritten Stock, vor der Wohnungstür mit der roten geschwungenen Aufschrift «Valeros», halten wir an. Sehr schöner Name. Marcel Valeros stößt die Tür auf, in der Wohnung riecht es freundlich nach Butterbonbons, und obwohl ich weiß, dass seine Eltern nicht da sind, bin ich ein bisschen schüchtern. Es kann ja sein, dass Marcel abends keine Mädchen mit nach Hause bringen darf. Was das Thema anbelangt, ist Papa zum Beispiel ziemlich empfindlich. Der hat ja diesen Antoine damals hochkant rausgeworfen und gebrüllt, er soll sich eine andere Bleibe suchen. Danach hat sich Antoine nie wieder bei Cotsch gemeldet. Damit war die Beziehung der beiden im Eimer. Aber auch die von Cotsch und Papa. Bis zum heutigen Tag. Ich habe keine Lust, hochkant rausgeworfen zu werden. Das wäre mir echt peinlich, und ich glaube, danach würde ich Marcel erst mal nicht mehr wiedersehen wollen. Ich bin eben bemüht, alles richtig zu machen. Mama sagt immer: «Kinder, seid höflich!» Cotsch hält sich gar nicht dran. Ich schon, deswegen frage ich gleich:

«Wann kommen deine Eltern wieder?»

«Keine Ahnung. Die spielen mit ihren Freunden Karten und lassen sich voll laufen. Das kann dauern.»

«Und wo ist deine Schwester?»

«Nebenan, bei ihrer Freundin.»

«Schläft sie da?»

«Ja …»

«Und dein Bruder?»

«Der übernachtet heute bei so einer Frau, die eine eigene Wohnung hat. … Warum?»

«Nur so.»

«Hier ist mein Zimmer.»

Marcel stößt rechts neben dem Eingang eine Tür auf, vor der gebügelte T-Shirts und Unterhosen auf dem Boden liegen. Ich steige darüber, und Marcel meint:

«Meine Mutter legt das Zeug immer dahin, weil sie mein Zimmer nicht mehr betreten will.»

«Wieso nicht?»

«Ich habe ihr mal ein Becken an den Kopf geschleudert.»

«Ein Waschbecken?»

«Quatsch! Vom Schlagzeug.»

«Warum das denn?»

«Wir verstehen uns nicht so gut.»

«Aha.»

«Sie hasst mich.»

«Bist du sicher?»

«Das hat sie mir sogar mal gesagt.»

Marcel macht hinter mir die Tür zu, und das ist das coolste Zimmer, das ich je gesehen habe. Vor allem riecht es nach kaltem Rauch. Neben dem Fenster steht sein Schlagzeug, auf dem Boden liegt eine Matratze, und die ganze Wand ist mit so einem riesigen Gesicht bemalt. Marcel schmeißt seine Jacke in die Ecke, wo schon ganz viele Tapetenrollen stehen, und sagt:

«Nimm Platz. Willst du Musik hören?»

«Klar.»

Ich hocke mich auf den Rand der Matratze, weil ich nicht ganz sicher bin, ob ich mich da einfach so draufsetzen darf. Da liegt nämlich keine Tagesdecke drüber. Mama sagt: «Setzt euch nicht mit euren Dreckhosen auf die Betten! Davon kriegt man Durchfall.» Mama sagt auch: «Lelle, wenn du Durchfall bekommst, bist du tot. Du hast doch gar nichts zuzusetzen.» Und da fällt mir wieder ein, dass ich dringend etwas essen muss. Marcel kniet vor seiner Plattensammlung, die er neben der Kommode auf dem Boden stehen hat, und blättert die Platten durch. Ich warte, bis er eine lila-grüne herauszieht und hochhält.

«Magst du die?»

«Was ist das?»

«Joe Cocker.»

«Kenne ich nicht.»

«Du kennst Joe Cocker nicht?»

«Na ja, vom Namen schon, aber nicht, wie das klingt.»

«Dann hören wir die jetzt mal. Gefällt dir bestimmt.»

Marcel legt die Platte auf, es knackt und knistert. Dann kommt seltsame Orgelmusik und irgendwann eine heisere, traurige Stimme, die mich mitten ins Herz trifft: «Cut me like a knife.» Boa. Leute. «Once took you for my wife. Do I still figure in your life?» Hat das was zu bedeuten? Marcel legt die Plattenhülle beiseite, bricht die Deckel von den Bierflaschen mit seinem durchsichtigen, blauen Feuerzeug weg und reicht mir eine. Ich nehme sie und sage:

«Könnte ich vorher noch etwas essen?»

«Klar. Komm.»

Wir stellen die Bierflaschen zurück auf die Kommode und gehen raus in die stille dämmrige Wohnung, in der es so gut riecht. Der Flur ist mit dicken, hellen Teppichen ausgelegt, am Ende steht ein großer Bauernschrank mit eingelassenem Spiegel, daneben ein kleines Tischchen für das Telefon. Ich sehe in den Spiegel und muss sagen: Meine Haare sitzen heute sehr gut.

«Komm.»

Marcel hantiert schon in der Küche, wo auch alles voller Bauernschränke steht. Ich lehne dusselig im Türrahmen rum, weil ich nicht gleich so forsch erscheinen will.

«Ich kann dir auch was in der Mikrowelle warm machen.»

«Nee, danke. Mir reicht eine Scheibe Brot oder so.»

«Okay.»

Marcel geht um den Tisch rum und holt aus einem der Bauernschränke die Brotmaschine und Brot. Solange er die Scheibe abschneidet, bleibe ich weiter im Durchgang stehen, mit den Händen in den Hosentaschen, und sehe den schmalen Flur hinunter, der noch tiefer in die Wohnung hineinführt.

«Hier.»

«Merci beaucoup.»

«Hast du Bock, dir die Wohnung anzugucken?»

«Wenn wir dürfen.»

«Warum nicht? Ist doch auch meine Wohnung.»

Marcel knipst das Licht im Flur an, wir gehen den schmalen Gang hinunter, unter unseren Füßen dichter, weicher Teppichboden. Marcel klopft gegen die mit Kork beklebten Türen auf der linken Seite.

«Badezimmer, Zimmer von meinem Bruder, Schlafzimmer von meinen Eltern.»

Ich nicke und gucke mir die Fotos an, die auf der anderen Seite in Rahmen hängen. Auf einem ist eine Kuh zu sehen, die an einem Wegweiser schnüffelt, auf dem «Milch» steht, und an dessen Spitze ein riesiger BH baumelt. Merkwürdig, solche Bilder würden Mama und Papa nicht aufhängen. Die stehen eher auf abstrakte Malerei. Emil Nolde oder so. Am Ende des Flurs sind noch zwei Zimmer.

«Das Arbeitszimmer von meinem Vater, nebenan das Solariumzimmer von meiner Mutter.»

«Wieso: Solariumzimmer?»

«Weil sie sich hier immer unters Solarium legt. Das Ding, was da am Schrank lehnt, ist ein Home-Solarium.»

«Aha.»

Mama würde sich nie unter so ein Ding legen. Sie meint: «Davon kriegt man Hautkrebs.» Aber Mama denkt sowieso, dass sie von der ganzen Welt Krebs kriegt und von allen möglichen Bakterien und Menschen bedroht wird. Ich würde ihr wirklich wünschen, dass sie mal von diesem Trip runterkommt. Ich glaube allerdings, dass sie sich mit diesen Gedanken ablenkt, um nicht zu merken, wie unglücklich sie tatsächlich ist. Das meint jedenfalls Frau Thomas. Na ja. Ich will da jetzt nicht drüber nachdenken, sonst werde ich ganz depressiv. Das wäre nicht besonders förderlich für das, was ich heute noch mit Marcel vorhabe. Wenn ihr wisst, was ich meine! Wir gehen zurück ins Arbeitszimmer, dort zeigt mir Marcel ein Modell von einem großen Haus, von dem man das Dach abnehmen kann. Wir heben es hoch, und da drin liegt eine Papierrolle, die mit einem dünnen roten Band zusammengebunden ist.

«Das Testament meiner Eltern.»

«Deine Eltern haben ein Testament?»

«Logisch, falls sie mit dem Flugzeug abstürzen, wenn sie in den Urlaub fliegen.»

«Ich glaube, meine Eltern haben gar keins.»

«Echt nicht?»

«Nö, die haben ja nichts zu vererben.»

Marcel setzt das Dach wieder aufs Haus, und jetzt hätte ich wirklich Lust, mich in sein Zimmer zu begeben, damit man sich mal ein bisschen näher kommen kann. Vor allen Dingen fühle ich mich schon viel besser mit dem Brot in meinem Bauch, nicht mehr ganz so zittrig.

Wir sitzen auf Marcels Matratze, mit dem Rücken an der Wand, trinken Bier, rauchen Zigaretten, Joe Cocker singt: «And she makes love just like a woman.» Und ich hoffe echt, dass Marcel mal ein paar Anstalten macht, sich mir zu nähern. Eins ist klar: Ich fange nicht an! Das ist die Sache des Mannes. Der muss uns Frauen erobern. So lange drehe ich mir noch eine Zigarette und suche nach einem passenden Gesprächsthema. Ich könnte fragen, um wen es sich bei diesem riesigen gemalten Gesicht an der gegenüberliegenden Wand handelt.

«Wer ist das?»

«Jimi Hendrix.»

«Wer?»

«Der größte Gitarrist aller Zeiten.»

«Kenne ich nicht.»

«Du kennst Jimi Hendrix nicht?»

«Nö.»

«Sagt dir ‹Woodstock› was?»

«War das die Stadt, in der die Hippies gelebt haben?»

«Nee, das war so ein riesiges Rock-'n'-Roll-Festival Ende der sechziger Jahre. Da ist Jimi Hendrix aufgetreten und berühmt geworden.»

«Aha.»

«Was hörst du denn für Musik?»

«Marillion.»

«Kenne ich nicht.»

«Das haben wir auch gehört, als du bei mir warst.»

«Kann ich mich nicht mehr erinnern. Da habe ich auf andere Sachen geachtet.»

Marcel dreht seinen Kopf zu mir, und ich drehe meinen ein bisschen zu ihm, sodass wir uns sehr nah sind. Jetzt gäbe es die Möglichkeit, sich zu küssen. Und es ist fast affig, dass wir es nicht tun. Der Moment ist günstig, wir sind alleine, aber Marcel macht nichts, und darum trinke ich noch einen Schluck Bier.

«Wieso hasst dich deine Mutter?»

«Keine Ahnung.»

«Ich meine, hast du ihr was getan?

«Nicht, dass ich wüsste.»

«Aber was hat sie dann gegen dich? Ich meine, du bist ihr Sohn!»

«Wahrscheinlich entspreche ich einfach nicht ihren Vorstellungen.»

«Wie meinst du das?»

«Na ja, ich habe halt lange Haare.»

«Das ist doch nicht so schlimm.»

«Sag das mal meiner Mutter. Die ist eben voll die Spießerin.»

«Hm.»

«… Barry sagt, du warst heute bei uns in der Schule.»

«Ja, ich wollte Tessi besuchen, aber …»

«Barry sagt, du fährst mit dem Chor weg.»

«Ja, morgen, um 12 Uhr.»

«Für wie lange?»

«Zehn Tage oder so.»

Wir nuckeln beide an unseren Bierflaschen, und ich werde immer unruhiger. Ich will echt knutschen. Marcel soll sich auf mich schmeißen und mit mir rumknutschen, weil ich sonst durchdrehe. Ich sehe seine Hände, die da an dem Etikett von der Bierflasche rumfummeln, und die sollen besser an mir rumfummeln. Ich sehe seine Lippen, wie sie an der Flasche saugen, und damit könnte er mich endlich küssen. Aber er macht es nicht, und bevor ich platze, sollte ich vielleicht einfach gehen. Dieses Warten macht mich richtig wahnsinnig. Ich kann doch nicht den ganzen Abend hier sitzen und warten und hoffen, dass mal was passiert. Und dann passiert doch nichts. Wahrscheinlich wünscht er sich insgeheim, dass ich weggehe, weil er sich was ganz anderes unter mir vorgestellt hat. Jetzt ist er bestimmt abgenervt, weil er merkt, dass ich piefig bin. Mama sagt auch immer: «Drängt euch den Leuten nicht so auf. Die können sich doch rühren, wenn sie was von euch wollen.» Und genau das beherzige ich jetzt. Ich stelle die leere Bierflasche neben die Matratze, Joe Cocker ist eh gerade zu Ende, und sage:

«Ich glaube, ich muss mal los.»

«Jetzt schon? Es ist doch gerade mal neun Uhr.»

«Ja, ich weiß. Ich muss aber noch meine Sachen für morgen packen.»

«Warte, dann spiele ich dir eben noch ein Lied vor.»

«Okay.»

Mir scheint, er will doch nicht, dass ich gehe. Komischer Typ. Vielleicht ist er schüchtern. Kann doch sein. Cotsch hatte auch schon mal was mit einem schüchternen Typen. Sie sagt: «Den musste ich richtig zwingen, mich zu küssen.» Leute, jetzt bin ich gefragt! Marcel fummelt in seinem Plattenstapel rum, zieht eine neue Platte raus und hält sie in die Luft. Dazu macht er dieses merkwürdige Geräusch:

«Däng, däng, däng!»

«Was ist das?»

«Guns 'N Roses! ‹Live at the Ritz in New York City›!»

«Aha.»

«Welcome to the jungle. Das ist ein echter Bootleg.»

Leute, ich habe wieder Hoffnung. Ich meine, ihr wisst sicher noch, was ich zu dem Thema Axl Rose gesagt habe! Gitarren schräbbeln, Trommeln wirbeln aus den Boxen, Marcel schmeißt sich zu mir auf die Matratze, haut mit den flachen Händen auf seine Oberschenkel, schüttelt den Kopf hin und her, sodass seine Haare fliegen. Das Bier zündet bei mir voll rein, innerlich gehe ich ab wie eine Rakete. Jetzt oder nie, sage ich mir und schreie gegen die Musik an, damit Marcel mich hört:

«MARCEL!»

Er hört auf, seinen Kopf herumzuschleudern, sieht mich an. Ich sehe ihn an, und Bier ist echt eine super Sache.

«Was denn?»

Ohne nachzudenken, krabble ich zwischen seine Beine. Im Nu knie ich direkt vor ihm, streiche die Haare aus seinem Gesicht, küsse ihn einfach auf den Mund. Marcel macht mit, und im nächsten Moment liegen wir flach auf der Matratze. Ich auf ihm, er unter mir. Ich sage doch: Er ist ein schüchterner Typ! Dann wirbelt er mich herum, sodass ich unten liege, er auf mir sitzt, und als Nächstes reißen wir uns die Kleider runter, so, wie Arthur und ich das nie gemacht hätten. Wir sind nackt, die Bässe wummern um unsere Körper, die Musik hüllt uns ein. Und dann greift Marcel unter die Matratze.

«Warte.»

«Was denn?»

«Irgendwo liegen hier die Kondome.»

Ich habe keine Angst. Ich will. Ich will. Marcel tastet weiter unter der Matratze, auf dem Kokosteppich rum, am Fußende findet er die Kondome.

«Ich hab sie!»

Ich liege und warte. Mir ist kalt, ich möchte, dass er sich endlich wieder auf mich presst, damit mir warm wird, da kommt er schon. Sein Oberkörper senkt sich auf mich, seine Beine drängen sich zwischen meine. Da ist seine Hand, da ist Marcel. Seine Haare hängen mir ins Gesicht, er sieht mich an. Seine Augen sind grün, und es fühlt sich gut an. Seine Stimme ist sanft:

«Ist alles okay?»
«Ja.»

So … so geht es also. Es fühlt sich gut an. Ich sehe über Marcels Schulter nach oben an die Zimmerdecke. Da ist Mama. Ihr Gesicht schwebt über uns, mit entsetzten Augen und erhobenem Zeigefinger: «Kinder, ihr müsst doch nicht gleich miteinander ins Bett springen!»

Marcel bringt mich nach Hause. Damit ich nicht friere, hat er mir eine von seinen Jacken gegeben, die an den nackten Armen kratzt. Vor der Kirche bleiben wir stehen, ich sehe hinüber zur Pappel, dahinter nächtlicher Schimmer. Still steht sie da, zeigt mit der Spitze in den Himmel. Bis hierher haben wir geschwiegen, jetzt sagt Marcel etwas:

«Wir sollten uns nicht mehr wiedersehen.»

«Was?»

Seine Worte dröhnen in meinen Ohren, für einen Moment fühlt es sich so an, als würde das Pflaster unter meinen Füßen weich wie Gummi werden. Ich taumle. Meine Stimme klingt heiser, als ich nochmal frage:

«Was?»

«Wir sollten uns nicht wiedersehen.»

«Warum nicht?»

«Weil du einen Freund hast.»

Er gibt mir einen Kuss auf die Wange. Lächelt.

«Mach's gut, kleines Vogelmädchen.»

Dann dreht er sich um und geht. Über den Platz, die Hände in den Hosentaschen, mit hochgezogenen Schultern. Vielleicht dreht er sich ja noch einmal um, überlegt es sich, kommt wieder zurück. Ich stehe hier, in seiner Jacke, weiß nicht, ob ich ihm nachrennen soll. Weiß gar nicht, wie man in so einer Situation reagiert. Warum macht er das mit mir? Ich habe ihm nichts getan, oder? Habe ich ihm etwas getan? Leute, sagt es mir!

Warum dreht er sich nicht um? Geht dahinten über die Ampel, verschwindet hinter dem Zeitungskiosk, wo wir vorhin noch unser Bier gekauft haben. Da war noch alles in Ordnung. Was ist passiert?

Er kommt nicht zurück. Also gehe ich langsam an den Häusern entlang. Niemand ahnt, wie es mir gerade geht. Ich bin alleine, niemand hilft mir, sagt mir, was los ist. Der Schweinekopf schweigt auch, lächelt mit seinem dicken Schweinegesicht dem Mond entgegen. Vielleicht ist es kein Wunder, dass sich Mama und Papa nicht verstehen. Es geht einfach nicht zwischen Männern und Frauen. Sie tun sich weh. Da kann man nichts machen. Arthur geht, Marcel geht. Und es tut weh, so, wie es Mama weh tut, wenn sie zu Papa sagt: «Ich liebe dich!» Und er sagt: «Ach, lass doch den Quatsch.» Langsam verstehe ich, warum Mama so oft weint. Ich könnte sie jetzt anrufen und sagen, dass ich auch gleich weine. Mama kann gut trösten. Als Arthur gegangen ist, hat sie gesagt: «Davon lebt die Literatur.» Sie liest nämlich gerne historische Bücher, in denen sich die Leute am laufenden Band verlieben, trennen oder umbringen. Das ist Mamas Trost. In starken Momenten sagt sie: «So ist das eben.»

Ich schließe die Haustür auf, schließe sie hinter mir wieder ab und steige die Treppen hinauf. Mir wird mulmig bei dem Gedanken, gleich alleine im großen Büro zu sein. Da wird es still und dunkel sein, voller Schatten, aufgeräumte Schreibtische, Stühle, Regale, in dämmriges Licht getaucht. Da muss ich durch, den langen Flur entlang, nach hinten, in mein leeres Zimmer. Heute Nacht werde ich die Zimmertür abschließen. Überall auf den Balkonen wird Leben sein, bei mir wird es tot sein, tot wie der Linoleumboden, kalt wie die staubigen Kartons, stumm wie Papas Pflanzen. Auf meinem Bett werde ich liegen und mich alleine fühlen, wie ich mich immer alleine fühle. Nur Arthur wird schlammverschmiert auf mich herunterlachen, und ich? Ich höre nichts. Nichts als Stille.

Aber was ist das? Die Tür zum Hinterzimmer ist angelehnt, dahinter flackert Kerzenlicht, Musik ist auch zu hören. «Face the Face». Das riecht mir nach Cotsch. Ich gehe näher ran, schiebe die Tür mit den Fingerspitzen ein bisschen weiter auf. Tatsächlich! Meine Schwester hat sich reingeschlichen, und sie ist nicht allein. Auf meinem Bett liegt jemand, ich nehme an, der Typ, von dem Cotsch am Telefon gesprochen hatte, und sie sitzt auf ihm. Ziemlich nackt, eigentlich hat sie nur mein James-Dean-T-Shirt an, das ich mir in der achten Klasse bei Madame Tussaud's in London gekauft habe. Damals, als ich auf Schüleraustausch in England war. Das war auch eine ganz miese Reise, aber das T-Shirt ist mein Heiligtum, und Cotsch weiß genau, dass sie das nicht anziehen soll, weil sich der aufgedruckte James Dean bei jedem Waschen mehr rauswäscht, der ist sowieso kaum noch zu erkennen. Jetzt hat sie es an, auf ihrer nackten Haut, und der Stoff ist so dünn, dass man ihre Dinger im Kerzenschein hüpfen sieht. Ja, Cotsch hat es gewagt, mein Zimmer mit Kerzen zu dekorieren und einen Typen hierher einzuladen. Ich fasse es nicht. Die machen hier einen auf Liebe. Der Typ grabbelt mit seinen Händen unter MEINEM James-Dean-T-Shirt rum, und das soll er mal lassen! Ich weiß jetzt gar nicht, was ich machen soll. Das ist mein Zimmer! Wo soll ich denn hin? Ich kann die doch jetzt nicht mitten in ihrem Liebesspiel unterbrechen. Die haben sich ja komplett ausgezogen! Ich frage mich sowieso, warum Cotsch sich einfach mein T-Shirt nimmt, wenn sie hier diese Sex-Nummer in meinem Bett durchziehen. Meine Schwester hat echt einen Knall. Und dann auch noch diese Scheiß-Musik. «Face the Face». Das passt ja. Cotsch ruckelt im Takt auf dem Typen herum, und ich bin irgendwie festgewachsen. Ich will mir das gar nicht mit angucken. Aber ich bin fassungslos und wütend, weil Cotsch denkt, sie kann mich einfach rausdrängen. Die weiß doch, dass ich meine Ruhe brauche und noch kränker werde, wenn man mich familiär nicht endlich in Ruhe lässt. Ich könnte echt schreien! Aber ich soll mich ja ruhig verhalten, sonst gibt es Probleme mit der Versicherung. Dann müsste ich wieder ausziehen, und nach Hause will ich nicht zurück. Vielleicht sollte ich Mama anrufen, damit ich jemanden zum Sprechen habe. Das Problem mit Mama ist bloß, dass sie sich dann gleich solche Sorgen macht, dass ich sie zum Schluss wieder beruhigen muss. Und das ist auch nicht gerade entspannend. Oder ich frage ganz ruhig in den Raum, wie lange die beiden noch bleiben wollen. Ich meine, irgendwann muss ich ja auch schlafen. Und woanders als in meinem Bett kann ich nicht schlafen. Wo denn auch? Unter Mamas Schreibtisch? Ich frage jetzt einfach nach, ich muss durchgreifen, sonst richte ich die Wut zum Schluss noch gegen mich. «Autoaggression» nennt man das. Was das ist, hat mir Frau Thomas genau erklärt. Das ist, wenn ich meinen Kopf gegen die Wand schlage, damit die Wut in mir verschwindet. Mama sagt: «Davon kannst du Gehirnblutungen kriegen und sterben.» Also, tief Luft holen und nachfragen:

«Cotsch?»

Die hört mich nicht. Die ist in Ekstase.

«COTSCH?»

Jetzt aber. Cotsch stoppt ihr hektisches Geruckel und sieht mich an. Ihre Augen blitzen im Kerzenschein.

«Was ist?»

«Ich will in mein Bett.»

«VERPISS DICH!»

War ja klar, dass Cotsch nicht ruhig bleibt. Darum lächle ich weiter, auch wenn ich sie am liebsten an den Haaren von diesem Typen runterziehen würde. Die Vergangenheit hat allerdings gezeigt, dass es bei Cotsch wichtig ist, das Deeskalationsprinzip anzuwenden, damit sie nicht wie ein Tornado loslegt und alles in Schutt und Asche wirbelt. Vor allem wegen der Nachbarn und der Versicherung wäre das unklug. Ich hasse es echt, immer vernünftig zu sein. Ich hasse es richtig. Weil ich mich nicht rühre, nimmt der Typ seine Grabbelhände von Cotschs Dingern, dreht sein Gesicht in meine Richtung und fragt:

«Wer ist das?»

«MEINE SCHWESTER!»

Jetzt wäre es am günstigsten, ganz schnell das Weite zu suchen. Cotsch steigt nämlich schnaufend von ihrem Lover runter, und da sehe ich, dass sie ihre Abschlussball-Pumps anhat. Na ja. Mit gesenktem Kopf, die Hände zu Fäusten geballt, stakst sie auf mich zu. Ich bleibe trotzdem stehen, ich bin jetzt bockig.

«Ich will nur in mein Bett.»

«HALT DIE SCHNAUZE UND VERPISS DICH!»

«VERPISS DICH SELBER!»

Leider verliere ich doch gerade ein bisschen die Fassung. Was daran liegt, dass Cotsch mich an den Oberarmen festhält und versucht, mich rauszudrängen. Ich stoße ihre Arme weg und sage nochmal:

«Ich will in mein Bett!»

Da schubst sie mich mit voller Wucht aus dem Zimmer in den Flur, schlägt die Tür zu und schließt von innen ab. Ich fliege nach hinten auf den Po und höre sie von der anderen Seite schreien:

«VERPISS DICH! HEUTE IST DAS MEIN REVIER!»

Ihre Stimme klingt dumpf zu mir nach draußen. Da sitze ich im dunklen Flur und weiß nicht, was ich machen soll. Das Bums-Gestöhne geht wieder los, und es ist klar, dass es nichts bringen wird, an die Tür zu hämmern und Cotsch anzuflehen, dass sie sich verpisst. Trotzdem trete ich mit voller Wucht dagegen und schreie:

«ARSCHFOTZE!»

Das habe ich noch nie gesagt, eigentlich habe ich etwas gegen Kraftausdrücke. Aber in so einem Moment der blinden Wut helfen sie. Damit ich mir das Gestöhne nicht länger anhören muss, gehe ich rüber ins Sekretariat. An Mamas Platz knipse ich die Schreibtischlampe an und gucke auf das gerahmte Foto neben ihrem Computer. Darauf sind Cotsch und ich als kleine Mädchen zu sehen, wie wir in unserem aufblasbaren orangen Planschbecken im Garten rumspringen und lachen. Ich bilde mir ein, dass ich mich noch genau daran erinnern kann, wie schön es damals war, mit meiner Schwester in dem Planschbecken zu planschen. Da war noch alles gut. Doch nun sitze ich alleine hier, im kalten Sekretariat, auf Mamas Drehstuhl, glotze auf die Vergangenheit. Alles ist kaputt. Nichts von all der Liebe und Fröhlichkeit ist übrig geblieben. Ich bin leer. Ich weiß nicht, wer ich bin, wohin ich soll. Nur Mama könnte mich wieder anfüllen, mir sagen, wer ich bin. Wenigstens ein bisschen. «Du bist mein Lieblingskind.» Das würde mir schon reichen. Für diesen Augenblick, in dem ich nur noch meine kalten Hände fühle, die immer tauber werden, sodass es schwierig ist, die richtigen Tasten vom Telefon zu treffen. Es tutet, schon nimmt Mama auf der anderen Seite ab:

«Cotsch?»

«Nee, ich bin's, Lelle.»

«Lelle, ich wollte dich auch gerade anrufen. Cotsch ist schon wieder weg.»

«Ich weiß. Sie ist hier.»

«Wo ist hier?

«Im Büro. Die bumst gerade mit einem Typen in meinem Bett rum.»

«Wie? Was soll das heißen?»

«Die bumst rum.»
«Mit wem denn?»
«Weiß ich nicht. Mit so einem Mann.»
«Kennst du den?»
«NEIN!»
«Was soll das denn?»
«Wenn ihr sie zu Hause nicht rumbumsen lasst, bumst sie eben bei mir rum. Auf jeden Fall komme ich jetzt nicht in mein Zimmer, und ich will schlafen.»
«Soll Papa dich holen?»
«Nein danke!»
«Warum denn nicht? Bei uns ist es doch auch schön.»
«Ist es gar nicht. Außerdem weißt du genau, dass Papa nicht nochmal losfährt, um mich zu holen.»
«Ich kann ihn ja mal fragen.»
«Bitte nicht! Das gibt nur Ärger! Ich will in mein Zimmer!»
«Ach, Mensch, Kinder!»

Mama stöhnt am anderen Ende rum, und anstatt dass sie mich tröstet, übernehme ich die Aufgabe. Bei ihr ist es wichtig, entspannt zu bleiben, damit sie nicht den Boden unter den Füßen verliert.

«Mach dir keine Sorgen, ich komme schon zurecht.»
«Ja, aber Cotsch. Wer weiß, was ihr als Nächstes einfällt. Wer ist denn dieser Kerl?»
«Ich-weiß-es-nicht!»
«Warum muss sie bloß immer so übers Ziel hinausschießen?»
«Ist doch nicht so schlimm. Die bumsen ja nur rum.»
«Kann sie denn nicht mal was anderes machen? Sie ist so ein kluges Mädchen.»
«Was hat das denn damit zu tun?»
«Ein gutes Buch würde ihr mehr geben als dieses Geknuddel.»

Und dann geht die übliche Leier los: Cotsch und ihr Intellekt, Cotsch und die Jungs, und um mich geht es gar nicht. Ganz zum Schluss geht es auch noch um Mamas Herz. Seit ein paar Jahren ist sie sich nämlich sicher, dass sie irgendwann von dem ganzen Stress einen Herzinfarkt bekommen wird. Mit der Nummer setzt sie uns alle unter Druck, ein paar Male wurde sogar schon der Notarzt gerufen. Zuerst haben wir gedacht: Scheiße, Mama nippelt ab! Aber inzwischen sind wir die Aktion gewohnt und bleiben cool.

«Ich muss mich jetzt hinlegen. Mein linker Arm wird ganz taub.»

«Mach das.»

«Lelle, bitte guck, dass Cotsch keinen Blödsinn macht.»

«Ja, mache ich.»

«Du bist mein Lieblingskind.»

«Du bist meine Lieblingsmama.»

«Ich bring dich morgen zum Bus, um dich zu verabschieden.»

«Okay.»

«Schlaf schön, mein Herzchen.»

Ja, wo denn? Mama hat auch nicht mehr den Schmiss, den sie früher mal hatte. Da wäre sie noch mit der U-Bahn hierher gekommen, um Cotsch und mich vor dem Schlimmsten zu bewahren. Jetzt macht sie nur noch einen auf Herzinfarkt. Das ist ihre Methode, um sich aus der Affäre zu ziehen. Und an mir bleibt, wie üblich, alles hängen. Sehr schön. Dann gehe ich jetzt mal in die Küche rüber und rauche eine Zigarette auf dem Balkon. Das bringt immer ein bisschen Ordnung in die Umstände.

Durch den Flur hallt Cotschs Gestöhne. Das klingt fast so, als würde sie bei lebendigem Leib gehäutet werden und dabei irre Lust empfinden. Dem Typen da drinnen schlackern bestimmt schon die Ohren. Cotsch denkt echt, dass sie einen auf Tutti-Frutti oder Pornokanal machen muss. Ganz hart finde ich die

Sache mit den Pumps! So ist Cotsch. Die totale Nutte. Einmal habe ich Cotsch beobachtet, als sie bei einer Schulparty wie so ein Flittchen an einem Typen aus ihrer Klasse rumgetanzt hat. So, als würde sie sich an so einer Peep-Show-Stange reiben. Cotsch kennt echt nichts, und sie denkt, dass die Typen darauf abfahren. Wahrscheinlich tun sie es sogar. Vielleicht hätte ich vorhin bei Marcel auch wie blöde rumstöhnen müssen. Bestimmt wäre er dann nicht gegangen. Arthur stand auf jeden Fall nicht auf solches Pornogehabe. Der war eher so gemütlich eingestellt, mit ein bisschen küssen und streicheln. Ich muss sagen, das ist mir auch lieber. Wer bin ich denn? Gute Frage. Die kann ich gerade wirklich nicht beantworten. Eine graue Hülle, die in die Küche kommt und sieht, dass auf dem Fensterbrett ein Topf mit Tortellini in Schinken-Sahne-Sauce steht und eine Flasche Rotwein. Dazu das passende Geschirr und Besteck. Alles klar! Hier wurde vorhin elegant gespeist. In der Flasche ist sogar noch was drin, das trinke ich jetzt aus. Sind die beiden selbst schuld, wenn die ihre Flasche hier so offen rumstehen lassen. Bestimmt sind die von ihrem Gebumse inzwischen so aus dem Häuschen, dass die nachher eh keinen Alkohol mehr brauchen.

Wie eine, die aller Lebensmut verlassen hat, lasse ich mich auf den kalten Fliesenboden sinken, setze die Flasche an, fummle mir eine Zigarette aus der Packung. Und wie ich da so sitze und friere, wird mir mit jedem Schluck wärmer, und ich komme auf den Trichter, dass Marcel so eine Art von Mensch ist wie Cotsch: Rumbumsen und nachher fallen lassen. Mit Alice hat er das gemacht, jetzt mit mir. Und ich bin schön drauf reingefallen. Zauberhaft, ganz zauberhaft. Um die Sache abzurunden, schleicht sich Arthur auch noch in mein Gewissen, und ich schäme mich. Gerne würde ich ihn jetzt anrufen und sagen, dass ich ihn liebe, dass ich ihn vermisse und dass es mit mir den Bach runtergeht, seitdem er nicht mehr da ist, um auf mich aufzupassen. Er soll wiederkommen und alles gutmachen, so, wie er immer alles gutgemacht hat. Oft haben wir bei ihm auf dem Hochbett gesessen, Musik gehört, und er hat mich getröstet. Er hat gesagt: «Alles, bis auf den Mond und Schwarz, ist relativ.» Übersetzt heißt das, ich soll mich nicht aufregen. Und jetzt geht es mir relativ schlecht. Ich ziehe die Knie bis unters Kinn, klopfe die Asche auf Papas Untertasse und trinke den letzten Schluck Rotwein. Nun fühle ich mich aber echt wie Axl Rose in seinen schwärzesten Stunden. Der hat ja seine Selbstzerstörung auch mit Schwung vorangetrieben, wie ich irgendwo gelesen habe.

Mann, ist mir schwindlig. Ich kann gar nicht mehr denken. Nur noch: Arthur, wo bist du? Oder: Mama, ich will auf deinen Schoß. Oder: Ich fühl mich echt wie Axl Rose. Ich kann mich gar nicht mehr richtig bewegen. Alles fühlt sich so schwer an, so schwer, dass ich mich hinlegen will, ein bisschen die Augen zumachen. An die Fußleiste gedrückt, liege ich auf kalten Fliesen, habe nichts an außer meiner Jeans, dem T-Shirt und Marcels Jacke, zum Schutz, damit ich nicht krank werde. Gut, dass ich Marcels Jacke anhabe, gut, dass Arthur mich so nicht sieht. Das könnte ich ihm gerade gar nicht erklären, warum ich diese Jacke anhabe. Wahrscheinlich würde ich nur stottern und kotzen. Ich presse die Lippen aufeinander. Mir ist schlecht, mein Körper zittert, und irgendwem muss ich doch auf Wiedersehen sagen, bevor es mich erwischt. Irgendwem muss ich doch sagen: Ich habe dich immer geliebt. Irgendjemandem, weil ich fühle, dass es da jemanden gibt. Trotzdem lassen sie mich alle allein, hier, auf dem kalten Küchenboden, lassen mich hier liegen wie Axl Rose auf Heroin. Alles dreht sich, mein Kopf wird immer schwerer, sinkt in den Küchenboden ein, der Boden schließt sich über mir, bin eingegossen in Beton, kann mich nicht rühren, warte ab. Alles bis auf den Mond und Schwarz ist relativ.

In der Küche ist es dunkel, ich liege immer noch am Boden, mir ist kalt. Vorsichtig richte ich mich auf, ganz vorsichtig, es geht mir schon ein bisschen besser. Ich glaube, ich stehe mal auf. An der Wand suche ich Halt. Fühlt sich an, als hätte ich Axls Stiefel an. Viel zu groß, mit schief gelatschtem Absatz und Fransen an der Seite. Damit trete ich auf Papas Untertasse, die am Boden steht. Das scheppert laut. Ich taumle weiter, in der Küche gibt es kein Licht, die Birne an der Decke ist durchgebrannt, und ich habe vergessen, Papa Bescheid zu geben. Der muss das Auswechseln übernehmen, weil ich gar nicht weiß, wo er seinen Glühbirnenvorrat hat. Ich taste mich in den Flur hinaus, bis zum Lichtschalter. Das Neonlicht flackert auf, und meine Zimmertür ist immer noch geschlossen. Vorsichtig drücke ich die Klinke herunter. Abgeschlossen. Alles ist still. Wahrscheinlich schlafen die beiden, und meiner Schwester ist es tatsächlich egal, was mit mir ist. Das ist ihre Rache, weil sie nicht einsehen kann, warum ich ins Hinterzimmer ziehen durfte und sie nicht. Ich komme eben mit Papa zurecht. Ganz einfach. Außerdem hat Frau Thomas gesagt, dass ich sonst in die Klinik komme. Aber auch diese Aktion hätte mir Cotsch übel genommen. Zum Abschied hätte sie gesagt: «Immer geht es nur um Lelle.» Darum droht Cotsch auch ständig mit Selbstmord, damit sich alle tüchtig Sorgen um sie machen. Papa und ich sehen das entspannt. Mama fällt immer noch drauf rein. Die denkt echt, dass Cotsch sich irgendwann umbringt, obwohl ich immer sage: «So ein Quatsch! Dafür bumst Cotsch viel zu gerne rum.» Und ich glaube, damit liege ich echt richtig. Ich meine, die hat diese Sex-Nummer so nötig, dass sie sogar ihre eigene Schwester aussperrt. Das muss man sich mal vorstellen! Da gehört echt viel dazu, vor allen Dingen, weil wir uns früher wirklich gut verstanden haben. Cotsch und ich, wir gehörten echt zusammen. Jetzt stehe ich vor meiner Zimmertür, mitten in der Nacht, kann nicht in mein Bett, weil meine Schwester da mit einem Typen einen auf Das-ist-meine-Wohnung macht. Genau wie damals, als Cotsch so einer Liebschaft den Bademantel von Papa ausgeliehen hat, um so zu tun, als ob das ihr Ehemann ist. Cotsch ist in der Beziehung echt gestört. Am besten, ich mache es mir wirklich unter Mamas Tisch gemütlich, da liegt wenigstens so eine Teppichmatte drunter, damit die Rollen vom Stuhl keine Schrammen aufs Parkett machen. Außerdem habe ich dann das Gefühl, dass ich irgendwie im Schutz von Mama bin, und das ist gut. Mir fällt nämlich schon wieder Marcel ein, und ich frage mich immer noch, was ich falsch gemacht habe. Dazu kommt noch das schlechte Gewissen Arthur gegenüber, und es gibt nur eine Möglichkeit, das abzustellen: Ich werde die restlichen Tortellini essen. Ich denke echt lieber darüber nach, wie dick ich davon werde, bevor ich noch weiter an meiner Misere verzage.

Im Schein des Flurlichtes gehe ich zurück in die Küche, nehme mir eine Gabel aus der Schublade, den Topf vom Fensterbrett, und da sind noch richtig viele Tortellini drin. Schon auf dem Weg zu Mamas Platz pfeife ich mir eine ordentliche Gabel rein, und unter dem Tisch stopfe ich den Rest nach, so schnell, dass ich gar nicht richtig drüber nachdenken kann, was ich da gerade mache. «Welcome to the jungle», sage ich nur. Die Nudeln müssen rein, im nächsten Augenblick kriege ich richtige Magenkrämpfe. Ich hatte schon mal so schlimme, dass ich davon ohnmächtig geworden bin. Das war zu Ostern. Wegen so einem Ostereier-Fress-Flash. Mit so viel Schokolade hatte mein

Magen nicht gerechnet. Genauso wenig, wie er gerade mit den Tortellini gerechnet hat. Ich lege mich besser mal auf den Rücken und atme tief ein und aus. In meinen Händen kribbelt es schon, als Vorwarnung auf das, was gleich kommt. Scheiße, tut das weh! Ich kann nicht gerade liegen bleiben, ich rolle mich zusammen. Jetzt ist es besser. Nicht bewegen, das geht vorbei.

Es ist merkwürdig, morgens unter einem Tisch aufzuwachen. Es dauert, bis man begreift, warum man in die Steckdosen eines weißen Verlängerungskabels sieht und einem die Knochen wehtun. Langsam dämmert es mir, vor allen Dingen, als ich den sahneverschmierten Topf neben meinem Kopf entdecke. Die Erinnerung kommt wieder und damit eine richtige Wut. Ich krabble unter dem Tisch hervor, nehme den Topf und gehe raus auf den Flur. Die Tür zu meinem Zimmer steht offen, ich gehe näher ran. Cotsch hüpft im Sonnenlicht und in meinem James-Dean-T-Shirt um Papas Pflanzen herum. Ihr Typ hockt auf meiner Bettkante, hat wenigstens schon seine Hose und eine Socke an. Die andere scheint er nicht zu finden, weil er immer so hilflos die Bettdecke hochlüftet, und danach guckt er unters Bett.

Cotsch hüpft wieder vorbei, und ich kann alles sehen. ALLES! An ihrer Stelle und bei Sonnenlicht würde ich mir wenigstens eine Unterhose anziehen. Aber erst mal soll sie mein T-Shirt ausziehen! Das nutzt sich ab, vor allen Dingen, weil der Typ schon wieder an ihr rumgrabbelt. Inzwischen hockt sie nämlich mit übereinander geschlagenen Beinen auf seinem Schoß und knutscht so doll mit ihm rum, dass ihre Locken wie Reagenzgläser in einer Zentrifuge um ihren Kopf kreisen. Mir reicht's echt!

«Cotsch, zieh mein T-Shirt aus!»

Sofort hört sie mit ihrem Rumgesexe auf und dreht sich zu mir um.

«Was willst du denn schon wieder?»

«Ich wohne hier.»

«Einen Scheißdreck machst du!»

«Guck dich doch mal an, du Flittchen.»

«VERPISS DICH!»

«VERPISS DU DICH DOCH UND ZIEH MEIN T-SHIRT AUS!»

«EINEN SCHEISS WERDE ICH MACHEN!»

Okay, bei mir brennt leider gerade eine Sicherung durch. Ich merke es. Das knistert richtig in meinem Kopf, und jetzt explodiert was. Mit dem Topf in der Hand renne ich auf Cotsch zu und haue ihr damit auf den Kopf. Cotsch duckt sich, aber bevor ich nochmal in blinder Wut zukloppen kann, reißt mir ihr Typ den Kochtopf weg und schmeißt ihn wie so eine Dynamitstange kurz vor der Detonation aus dem Fenster.

«MAN SCHMEISST KEINE TÖPFE AUS DEM FENSTER, HINTERHER KRIEGT DIE JEMAND AUF DEN KOPF!»

Ist doch wahr! Und dann rennen wir alle zum Fenster, weil klar ist, dass man mit so einer Aktion echt jemanden umbringen kann. Aber unter dem Fenster sind nichts als Büsche, und im Hinterhof ist sowieso noch alles ruhig. Nur ein paar Amseln zwitschern. Das ist auch alles. Da bin ich aber froh, außerdem ist meine Wut verflogen. Bei Cotsch leider nicht. Die dampft aus allen Löchern. Gerade als sie sich auf mich stürzen will, packt ihr Typ sie am Handgelenk und sagt so was wie: «Ruhig, Brauner!» Der Typ ist echt fetzig, das muss man ihm lassen. Und ziemlich kräftig. Der hat Oberarmmuskeln, Hut ab. Darum hat Cotsch auch keine Chance gegen ihn, sie kann mit ihren Armen und Beinen um sich strampeln und schreien, wie sie will, der Typ hält sie fest. Zu meinem Schutz. Das hat was! Vor allen Dingen scheint er ein ganz vernünftiger Charakter zu sein. Den benutze ich jetzt als Dolmetscher.

«Sag meiner Schwester, dass sie mein T-Shirt ausziehen soll!»

Leider schreit Cotsch so laut «ARSCHLOCH, LASS MICH LOS!», dass der Typ nichts versteht. Das ist echt scheiße, was hier gerade läuft, die Versicherung wird Ärger machen, die schmeißen mich hier raus, wenn Cotsch weiter so rumspackt. Darum mache ich erst mal das Fenster zu und sage in etwas lauterem Ton:

«Mama und Papa kriegen Ärger mit der Versicherung, wenn du so weiterbrüllst!»

«DAS IST MIR SCHEISSEGAL!»

«Mir aber nicht!»

«IHR HASST MICH DOCH SOWIESO ALLE!»

Und diese Leier kenne ich auch schon. Das geht jetzt fünf Stunden so weiter, bis wir alle sagen: «Wir lieben dich!» Natürlich haben wir Cotsch lieb, aber die muss echt lernen, sich am Riemen zu reißen, sonst wird das nichts. Vor allen Dingen soll sie mein T-Shirt ausziehen.

«Zieh mein T-Shirt aus!»

Der Typ hält Cotsch an beiden Handgelenken fest und sieht ihr tief in die Augen. Mit so einer ganz vertrauenswürdigen Stimme sagt er:

«Sei vernünftig, Bella. Zieh das T-Shirt aus.»

Und Cotsch macht es. So etwas! Der Typ ist echt ein Meister. Cotsch lässt es auf den Boden fallen, und ich hebe es hurtig auf. Das muss ganz schnell im Handwaschbecken mit Duschgel gewaschen werden, schließlich soll das heute mit auf Chorfreizeit. Ich will schon rausgehen, da ruft der Typ hinter mir her:

«He, Moment mal. Warte mal!»

«Was denn?»

«Ich wusste nicht, dass das dein Zimmer ist.»

«Schon gut.»

Der Typ nickt, und ich gehe mit meinem T-Shirt ins Badezimmer. Hinter mir höre ich Cotsch heulen, dazu die ruhige Stimme von dem Meister. Ich weiß nicht mal seinen Namen, aber irgendwie scheint er ganz pfiffig zu sein. Obwohl ich mich frage, wie er nicht wissen konnte, dass das mein Zimmer ist. Ich dachte, ich hätte gestern Nacht ganz deutlich gesagt: «Ich will in mein Bett!» Na ja. Vielleicht hat ihm Cotsch in dem Moment die Ohren zugehalten.

Ich weiche das T-Shirt in gewohnter Manier ein. Diesen Einweichfimmel habe ich echt von Papa, alles einweichen. Sowieso habe ich einen leichten Waschzwang. Darum dusche ich noch schnell im eiskalten Wasser und wasche den letzten Hauch von Marcel mit ab. Zum Abtrocknen nehme ich mir ein frisches Händehandtuch von der Ablage, wer weiß, was Cotsch und ihr Typ gestern noch mit meinem Handtuch veranstaltet haben. Hauptsache, die verdünnisieren sich mal langsam, dass ich meine Sachen für die Chorfreizeit packen kann. In zwei Stunden geht's los, wie ich auf meiner Armbanduhr erkennen kann. Bis dahin muss noch der Topf aus dem Hinterhof geholt worden sein, sonst flippt Papa aus. Darin macht er sich doch immer seine Milch für das Müsli warm!

Ich schlüpfe nochmal in die alten Klamotten von gestern, wahrscheinlich aus nostalgischen Gründen. Wegen Marcel und so. Obwohl es ziemlich warm draußen ist, ziehe ich seine Jacke auch noch drüber. Im Übrigen ist das ja eigentlich gar nicht seine Jacke, sondern die von Sandra Heuer, der Tochter vom Brot-Heuer, bei dem Mama immer unser Brot kauft. Marcel meint, der Sänger von den Doors hätte genauso eine gehabt, und darum hat er sich die Jacke mal von Sandra ausgeliehen, aber nicht zurückgegeben. Ich kenne die Doors nicht, trotzdem steht mir die Jacke sehr gut. So eine karierte Filzjacke, in schicken Orange- und Grüntönen. Marcel meint, ich soll mich damit nicht erwischen lassen, weil Sandra schon ordentlich sauer ist, dass sie die Jacke bis jetzt noch nicht wiedergekriegt hat. Ist mir egal, ich laufe damit trotzdem rum. Ich kenne Sandra Heuer ja nicht. Kann doch sein, dass es in der Stadt zwei von diesen Jacken gibt.

Als ich aus dem Bad komme, treffe ich im Flur auf Cotsch, die inzwischen so einen ganz milden Gesichtsausdruck bekommen hat. Sie breitet gleich ihre Arme aus und fängt an, sich an mich zu schmiegen.

«Tut mir Leid, Lelle.»

«Schon gut.»

«Ich hab dich lieb.»

«Ich dich auch.»

«Wärst du ein Mann, würde ich mich sofort in dich verlieben.»

«Alles klar.»

Ich gucke, dass ich Cotsch von mir abgelöst kriege. Diese Nummer wird mir gerade echt zu heiß. Hinterher verliebt sich meine Schwester noch in mich. Schöne Scheiße. Damit könnte ich gar nicht umgehen. Cotsch drückt mir noch einen Kuss auf die Wange, und ich lächle freundlich, weil ich sie trotz allem auch sehr lieb habe. Ich meine: Sie ist meine Schwester! Wer Geschwister hat, weiß, wie das ist: Egal, was die Geschwister mit einem anstellen, man hat sie trotzdem lieb. Ich nehme an, darum nimmt sich Cotsch auch so viel raus. Sie weiß einfach: Sie kann sich alles erlauben, wir lassen sie nie im Stich. Außer Papa. Der ist knallhart. Der hat Cotsch sogar schon mal eine gescheuert. Das habe ich noch genau vor Augen. Danach waren wir alle mehrere Wochen traumatisiert, Cotsch ist es immer noch. Ich quetsche mich an ihr vorbei, besonders, weil sie schon wieder vor lauter Rührung Tränen in den Augen hat. Die Lady ist echt ständig so was von durch den Wind und gerührt und was weiß ich nicht alles. Bei der ist immer Sonnenschein oder stürmischer Regen. Und das Ganze im schnellen Wechsel. Wer würde da nicht durchdrehen? Jedenfalls macht sie gerade einen auf zartes Pflänzchen, und da lasse ich mich nur bedingt drauf ein. Wie gesagt: Ich lächle. Das muss reichen. Cotsch geht zufrieden ins Bad und ich den Flur runter in mein Zimmer. Dabei pfeife ich, damit der Meister weiß, dass ich im Anmarsch bin. Als ich reinkomme, hockt er auf allen vieren am Boden und guckt schon wieder unters Bett.

«Suchst du was?»

«Ja, meine Socke. Die ist einfach weg.»

«Wo hast du sie denn gestern Abend ausgezogen?»

«Puh. Wenn ich das wüsste!»

Ich mache noch ein paar Schritte ins Zimmer und gucke mich so ein bisschen um. Vielleicht entdecke ich ja sein Strümpfchen. Das wäre gut, dann könnten die beiden endlich verschwinden. Ich nehme nämlich an, der Meister geht nicht ohne das Teil. Ich schiebe die Kartons hin und her, gehe um die Pflanzen rum, nur an die Bettdecke wage ich mich nicht ran. Wer weiß, was darunter los ist! Die Suche scheint zwecklos. Nirgendwo ist die Socke.

«Das ist ja komisch.»

Der Meister nickt, und weil er ein praktisch veranlagter Typ ist, zieht er sich seinen zweiten Schuh schließlich ohne Socke an. Dann kämmt er sich mit den Fingern die blonden Haare zurück, und ich muss sagen: Er sieht wirklich nicht so dumm aus wie all die anderen Freaks, mit denen sich Cotsch schon das Bett beziehungsweise das Auto geteilt hat. Cotsch hat echt schon mal eine Nummer im Auto gebracht, und Mama hat sie dabei erwischt. Das war vielleicht ein Theater. Mein lieber Schwan. Da ist kein Auge trocken geblieben. Den Spruch habe ich übrigens von meinem Mathelehrer. Der hat nur solche Null-Sprüche drauf. Ganz oft sagt er auch: «Bimbula, geh zum Brunnen und hol Wasser.» Das heißt, dass einer von uns den Schwamm nehmen soll, um die Tafel zu wischen. Mein Mathelehrer ist echt ein Freak. Trotzdem mag ich ihn gerne, weil er mir immer so ein paar Gnadenpunkte gibt, damit ich nicht sitzen bleibe. Ich kann Mathe echt überhaupt nicht. Plus- und Minusaufgaben kriege ich gerade noch so hin, der Rest ist mir ein absolutes Rätsel. Es ist schrecklich, im Unterricht zu sitzen und nichts, aber auch gar nichts zu verstehen. Egal, wie sehr ich mich anstrenge und zuhöre, ich verstehe nichts. Das fühlt sich so an, als hätte ich kein Gehirn. Da herrscht einfach nur totale Leere in meinem Kopf. Was soll's. Ab heute sind Ferien, und ich bin durchgekommen, obwohl ich dieses Jahr echt viel gefehlt habe. Mann, habe ich viel gefehlt. Inzwischen sind meine Lehrer das aber auch schon irgendwie gewohnt. Für die ist das okay, die wissen, dass ich Probleme habe. Mama hat denen das nämlich mal beim Elternsprechtag gesteckt. Das hat sie echte Überwindung gekostet, aber sie hat es für mich getan, damit die Lehrer verstehen, warum ich so oft fehle. Besonders kritisch war die Zeit kurz bevor ich von zu Hause ausgezogen bin. Ich konnte einfach nicht mehr. Ich bin dann immer zu Arthur rüber und habe mich auf seinem Hochbett verkrochen. Ich wollte nichts mehr sehen, nichts mehr hören. Und auch nicht in die Schule gehen. Ich schätze, für Arthur war das nicht gerade lustig. Vielleicht ist er deswegen gegangen. Vielleicht. Ich gucke rüber, zum kopierten Arthur, und er lacht mich an. So haben wir zum Schluss selten gelacht. Und wie mir gerade so schön eine Träne im Auge aufsteigt, meint der Meister:

«Ist das dein Freund?»

«Vielleicht … Ich weiß es nicht.»

«Warum weißt du das nicht?»

«Weil er in Afrika ist.»

«Und wann kommt er wieder?»

«Ich weiß es nicht.»

Leider steigen mir jetzt richtig viele Tränen in die Augen und kullern meine Wangen hinunter. Der Meister räuspert sich, kommt langsam auf mich zu und legt zögernd den Arm um mich. Ich kann gar nicht mehr aufhören zu heulen, der Meister muss echt das Gefühl haben, dass diese zwei Schwestern, mit denen er sich in der Wohnung aufhält, richtig einen an der Waffel haben. Wahrscheinlich hat er Recht. Ich flenne noch ein bisschen weiter, und er zieht mich zu sich heran, sodass mein Gesicht auf seinem weißen T-Shirt liegt. Er hat diese breite Brust, diese dicken Arme. Damit hält er mich fest, und seine Hände streichen über meine Haare. Ich muss sagen, es fühlt sich ganz gut an, auch wenn ich den Menschen nicht kenne. Aber er scheint echt den Durchblick zu haben, außerdem hat er diese Jesus-Aura. Um die Sache nicht ganz auszureizen, schniefe ich noch einmal und mache einen Schritt zurück. Besser, die Nummer ist erledigt, bevor Cotsch aus dem Bad kommt. Die könnte das eventuell falsch verstehen. Auf jeden Fall stelle ich fest: Den Meister sollte sich Cotsch dringend warmhalten. Der ist Zucker!

«Danke.»

«Tut mir Leid, wenn ich da deinen wunden Punkt erwischt habe.»

«Ist schon gut.»

«Bist du sicher?»

«Ja. Merci.»

Ich lächle zum Zeichen, dass es mir wieder gut geht, und fummle mir eine Zigarette aus der Hosentasche. Damit setze ich mich aufs Fensterbrett und rauche los.

«Gibst du mir auch eine?»

«Klar.»

Der Meister und ich, wir rauchen. Komisch, wenn man morgens schon vor fremden Leuten rumheult und anschließend Zigaretten raucht. Ich kann gar nicht beschreiben, wie sich das anfühlt. Seltsam, aber auch gut. Irgendwie so erwachsen. Als wäre man endlich so weit, dass man auch ein paar Sachen ohne Mama klären kann. Dabei fällt mir ein, die kommt ja gleich. Ich fände es gut, wenn Cotsch bis dahin mit ihrer Liebschaft abgedampft wäre. Mama ist immer so verstockt, wenn sie auf fremde Menschen trifft. Speziell auf Typen von Cotsch. Das könnte diesen hier unter Umständen doch noch auf den letzten Metern aus der Bahn werfen. Und das wäre schade. Besser, ich bereite Mama schon mal verbal auf ihn vor. Dann hat er bei ihr gleich einen Stein im Brett, wenn er sie zum ersten Mal trifft. Das wäre auch gut für Cotsch, weil die schnell verunsichert ist, wenn sie merkt, dass Mama ihre Typen nicht so richtig wertschätzen kann. Am besten, ich prüfe eben noch, ob der Meister es ernst meint mit Cotsch.

«Und? Was macht ihr heute noch?»

«Keine Ahnung. Mal sehen.»

«Ich meine, macht ihr was zusammen?»

«Ich weiß nicht. Haben wir noch nicht besprochen.»

«Was machst du beruflich?»

«Ähm … Ich will Arzt werden.»

«Sehr gut. … Bist du in Cotsch verliebt?»

«Ich … ich denke schon.»

«Sehr gut. … Du hast sicherlich gemerkt, dass sie manchmal etwas komisch ist…»

«Na ja.»

«Sie ist wirklich richtig komisch. Trotzdem ist sie toll. Okay?!»

«Ja, das weiß ich. Das weiß ich.»

«Gut.»

Wir schmeißen unsere Zigarettenstummel nach unten, und mir fällt ein, dass ich den Topf hochholen muss. Und wenn ich wieder oben bin, sollen die Freaks verschwunden sein, damit ich endlich meine Sachen packen kann und Mama entspannt bleibt.

«Ich geh mal runter, den Topf holen.»

«Das kann ich doch machen.»

«Nee, lass mal. Ihr wollt ja bestimmt gleich los.»

Ich klopfe dem Meister väterlich auf den breiten Oberarm und gebe ihm mit so einem Augenzwinkern zu verstehen, dass ich echt auf seiner Seite bin und ihn immer unterstützen werde, sollte er meine Hilfe brauchen. Er zwinkert mir auch zu, und es fühlt sich toll an, jemanden getroffen zu haben, der auf derselben Wellenlänge funkt. Genial. Ich meine, rein platonisch gesehen oder wie man das nennt. Mama meint: «Platonische Freundschaften gibt es nicht.» Kann sein. Trotzdem: «Platonisch» klingt in diesem Fall absolut schlüssig, finde ich.

Im Flur begegne ich wieder Cotsch. Und obwohl sie nach meinem Parfüm riecht, nehme ich sie zum Abschied nochmal fest in den Arm und flüstere in ihr Haar: «Der Typ ist Zucker!» Cotsch lächelt dankbar, dann sage ich noch:

«Besser, ihr geht jetzt, bevor Mama kommt.»

«Wieso? Was will die denn hier?»

«Mich zum Bus bringen. Ich fahre doch heute auf Chorfreizeit.»

«Ach so … Echt?»

«Ja.»

«Wusste ich gar nicht.»

Fast hätte ich gesagt: «Ja, weil du dich nur um deinen eigenen Scheiß kümmerst.» Aber das spare ich mir. Stattdessen tauschen wir noch so ein paar schwesterliche Floskeln aus, und dann flitzt Cotsch ins Hinterzimmer, um ihre Siebensachen plus den Meister rauszuziehen. Ich wringe im Badezimmer mein eingeweichtes T-Shirt in einem Handtuch aus und fühle mich irgendwie ganz ausgeglichen.

Als ich mit dem Topf wieder nach oben komme, sind die Freaks verschwunden, und ich bin richtig durchgeschwitzt. Die Sandra-Heuer-Jacke ist tatsächlich zu warm für den heutigen Tag, dieses flusige Filzzeug klebt auf meinen nackten Armen und hinten im Nacken. Das ist so unangenehm, dass ich gerne nochmal duschen würde. Doch dafür ist jetzt keine Zeit mehr. Ich schmeiße die Jacke in die Ecke neben der Tür und sehe zu, dass ich meine Sachen gepackt kriege. Das James-Dean-T-Shirt flattert auf dem Balkon und ist schon fast wieder trocken. Jetzt nur noch alles in zwei Plastiktüten stopfen, überlegen, ob ich auch nichts vergessen habe, und dann gucke ich vom Balkon runter, ob ich Mama irgendwo auf der Straße sehe. Leider nicht. Ich hoffe, die kommt gleich. In einer Dreiviertelstunde muss ich nämlich am Bus sein, sonst gibt's Tote. Ich zünde mir eine Zigarette an und gucke weiter runter auf die Straße, direkt auf den rosa Schweinekopf vom Verräter Marcel. Der hat mich richtig verarscht. Das kann man sagen. Diese Unverschämtheit werde ich haarklein mit Tessi im Bus ausdiskutieren. Darum will ich jetzt doch unbedingt mit auf die Chorfreizeit. Ich habe ja sonst niemanden, mit dem ich diese Geschichte ausführlich besprechen könnte. Mama würde nur wieder ihren pfiffigen Tipp abgeben: «Das kommt davon, wenn ihr gleich mit jedem ins Bett springt.» Das Statement kann ich mir echt sparen. Wobei ich mich frage, ob das, was Mama sich bei ihrem ersten Mal geangelt hat, besser und richtiger für sie war. Papa und Mama sind schließlich ein echtes Trouble-Couple. Trotzdem bin ich froh, dass Papa mein Papa ist. Wenn er nicht mein Vater wäre, gäbe es mich ja nicht. Oder nur in einer billigeren Ausführung. Das wäre echt scheiße, weil ich speziell mit meiner äußeren Erscheinung zufrieden bin. Die zündet bei den Jungs aus meiner Schule voll rein. Während der Projektwoche im März ist sogar ein Typ aus der Zwölften richtig scharf geworden. Ständig hat er angefragt, wann wir mal ins Kino gehen. Ich habe nur ganz cool gesagt: «Ich hab schon einen Freund.» Überhaupt frage ich mich, ob Arthur sich eigentlich im Klaren darüber ist, wen er hier hat sitzen lassen? MICH! Na ja. Und Marcel hat wahrscheinlich auch nicht so ganz geschnallt, was ich für ein heißer Feger bin. Wenn er mich tatsächlich nur nicht wiedersehen will, weil ich einen Freund habe, hätten wir ja drüber reden können. Aber er hat sich einfach eiskalt abgeseilt. Ich nehme wirklich an, der macht das mit jeder. Vor allen Dingen hatte er sich ja auch schon so profimäßig vorbereitet, mit Kondomen unter der Matratze und schnulziger Musik. Mir wird echt schlecht, wenn ich daran denke, wie ich da lieb lächelnd, absolut ahnungslos und nackt auf seinem grauen Laken lag und er nur Übles mit mir im Sinn hatte. Voll peinlich! Bis gestern dachte ich echt, ich schaffe es, mir die Typen genau anzusehen, bevor ich mich ihnen hingebe. Von wegen! Ich bin echt traumatisiert. Sowieso schon durch die Ehe meiner Eltern und jetzt auch noch das. Ich muss dringend rausfinden, was Marcel für ein Spielchen mit mir gespielt hat, und Mama weiß über solche Aktionen echt zu wenig Bescheid. Ich meine, die war 27 Jahre alt, als sie Papa begegnet ist. Das ist echt eine Leistung, so lange auf den Richtigen zu warten. Und dann war es ganz offensichtlich nicht mal der Richtige für sie. Hut ab, Mama. Wobei ich mich manchmal frage, ob Mama jemals mit einem Mann glücklich geworden wäre. Sie sieht sich eben gerne als Opfer. Ich will mich nicht als Opfer sehen, obwohl mir das gerade schwer fällt, weil ich ja dachte, dass aus

Marcel und mir etwas werden könnte und wir den Sommer miteinander verbringen. Und jetzt dieser Schock zum Beginn der Chorfreizeit. Das Schlimme ist, da rennen nicht mal Jungs rum, die man benutzen könnte, um sich wenigstens körperlich abzulenken. Jetzt, wo ich weiß, wie es geht!

Ich lasse meinen Zigarettenstummel nach unten auf die Straße fallen, und um ein Haar plumpst er Mama auf den Kopf. Ich muss mir wirklich angewöhnen, zuerst runterzugucken, bevor ich die Dinger fallen lasse. Das wäre echt schrecklich gewesen, wenn dieses glühende Ding hinten in Mamas Ausschnitt geflogen wäre. Dann hätte sich ihre Bluse entflammt und anschließend Mama. Bloß nicht drüber nachdenken. Mit so einer Schuld wird man seines Lebens nicht mehr glücklich. Ähnlich muss es Mama gehen. Die denkt ja auch immer, dass sie an der Misere ihrer Kinder schuld ist. Aber das stimmt nicht. Ich wünschte, Mama würde mir das mal glauben, wenn ich versuche, ihr das auszureden. Aber sie hört ja nicht mal zu. Sie sagt immer nur: «Ja, ja, jajaja.» Dabei guckt sie sich so hektisch um und kaut an ihrem Daumennagel. Wenn ich dann frage: «Hast du mir überhaupt zugehört?», sagt Mama: «Ja, ja, jajajaja. Natürlich. Aber ich mach mir solche Vorwürfe …» Und dann geht das Ganze von vorne los: Dass sie Cotsch und mir zu wenig Aufmerksamkeit und Liebe gegeben hat, dass sie zu streng mit uns war und so weiter. Das ist so ein Quatsch. Ich sage Mama immer und immer wieder, dass sie mal aufhören soll, sich ständig diese Gedanken und Sorgen zu machen, weil sie uns, wenn überhaupt, mit ihren Sorgen krank gemacht hat. Echt. Außerdem ist nie nur ein Einzelner an dem Unglück aller schuld. Papa und Cotsch sind genauso schuld. Nur ich bin reinen Gewissens.

Ich stelle mich oben im Hausflur an die Treppe, und Mama kommt mit dem Mantel über dem Arm hochgespurtet. Sie ist ziemlich rot im Gesicht, die Haare kleben ihr schweißnass in der Stirn.

«Tut mir Leid, dass ich so spät bin.»

«Macht doch nichts.»

«Wir müssen auch noch auf Papa warten. Der kommt hoffentlich gleich.»

«Wieso Papa? Ich dachte, wir fahren mit der U-Bahn zum Bus.»

«Jetzt wollte Papa dich doch lieber mit dem Auto hinbringen.»

«Ja, und wo ist er?»

«Der ist noch schnell in die Kastanienallee.»

«Was will er denn da?»

«Frag mich nicht. Mir reicht's sowieso schon wieder.»

«Wieso?»

«Das hat wieder ewig gedauert, bis wir überhaupt von zu Hause losgekommen sind.»

«Was war denn jetzt schon wieder?»

«Ach, irgendwas fällt Papa ja immer ein, wenn wir loswollen. Mir reicht es wirklich gerade.»

«Weiß Papa denn, dass wir es eilig haben?»

«Natürlich!»

Ich sage es ja, mit Papa ist es echt schwierig, pünktlich zu sein. Ich hoffe, der kommt gleich. Mama und ich können uns ja schon mal unten auf die Straße neben die Mülltonnen stellen und warten, bis er vorfährt. Dann könnten wir gleich ins Auto springen und weitercruisen. Leider macht sich Mama schon auf den Weg ins Hinterzimmer. Dabei streckt sie ihren Kopf wie so ein neugieriges Huhn nach vorne und zur Seite.

«Ist Cotsch noch da?»

«Nee, die ist schon weg.»

«Wie habt ihr euch denn jetzt letzte Nacht geeinigt?»

«Wie geeinigt?»

«Ich meine, wo hast du geschlafen?»

«Unter deinem Schreibtisch.»

«Mein armes Herzchen.»

Ich laufe hinter Mama her, und an ihrer Stimmlage merke ich genau, dass sie mir gar nicht richtig zuhört. Sie guckt sich im Zimmer um, so als ob sie die Hoffnung hat, Cotsch doch noch unterm Bett zu erwischen.

«Wo ist sie denn hin?»

«Ich weiß es nicht.»

«Wie? Warum weißt du das denn nicht?»

«Ich nehme an, ihr Typ bringt sie nach Hause.»

«Welcher Typ?»

«Mit dem sie hier rumgebumst hat.»

«Lelle!»

Und dann fängt Mama an, mein zerwühltes Bett zu machen. Die hat echt Nerven. Ich meine, man fummelt doch nicht in fremder Bettwäsche rum, und schon gar nicht, wenn man weiß, dass sich die hauseigene Tochter kurz zuvor mit einem Typen darin rumgelümmelt hat.

«Lass uns doch schon mal runtergehen, Mama.»

«Na gut.»

Mama sieht sich noch einmal um und entdeckt endlich etwas, was sie wegräumen kann. Den Topf! Innen mit Sahne beschmiert, außen ein Hauch von trockener Erde. Mama nimmt den Topf und trägt ihn triumphierend in die Küche, so richtig erleichtert, dass sie ein bisschen Ordnung schaffen kann. Ich sehe mich auch nochmal um, aber nur um zu prüfen, ob ich nichts vergessen habe, und um Arthur Lebewohl zu sagen. «Tschüs, Arthur!», denke ich. Und: «Ich liebe dich!» Wie immer lächelt er auf mich herunter, und bevor mir schon wieder schwer ums Herz wird, nehme ich meine Plastiktüten, schleppe sie nach vorne zum Ausgang, wo Mama gerade die Sandra-Heuer-Jacke aufhebt und ordentlich an einen Garderobenhaken hängt. Als sie mich mit den Plastiktüten sieht, kriegt sie große Augen.

«Was ist das denn?»

«Meine Sachen.»

«Und wo ist der schöne Koffer, den wir dir mal geschenkt haben?»

«Weiß ich nicht.»

«Du kannst doch nicht mit zwei Plastiktüten losziehen. Wie sieht das denn aus!»

«Ist doch egal.»

«So kriegst du nie ein Solo.»

«Was hat das denn damit zu tun?»

«Na ja, also mit diesen Tüten nimmt dich doch niemand ernst.»

So ein Quatsch! Mit diesem albernen Al-Capone-Koffer, den mir Mama und Papa zu meinem 15. Geburtstag geschenkt haben, würde mich die Kunklige gar nicht erst in den Bus lassen. So ein hässliches weißes Lackding, von dem Cotsch allerdings richtig hingerissen war. Noch bevor die Kerzen ausgeblasen waren, hat sie geschrien: «Warum kriege ich nicht so einen schönen Koffer? Nie kriege ich so einen schönen Koffer!» Damit war die Sache eigentlich auch schon wieder besiegelt. Der ganze Tag war im Eimer. Cotsch hat geflennt, ich habe meinen Kopf gegen die Wand gehauen, und Mama hat so getan, als ob sie einen Herzinfarkt erleidet. Nur Papa war nicht da. Der hat im Geschäft seine Pflanzen gegossen. Papa hat es echt schon immer gut draufgehabt, sich aus der Affäre zu ziehen. Der hat echt einen Riecher dafür, wann es Zeit ist zu gehen. Na ja. Jedenfalls fand ich den Koffer hässlich und habe ihn einen Tag später an Cotsch weitergegeben. Die fährt auf solchen Denver-Clan-Lack-Schick tierisch ab. Genau wie auf Highheels, lange Fingernägel und roten Lippenstift.

Mama nimmt mir eine Tüte ab, und dabei presst sie die Lippen zusammen, damit ich merke, dass sie die wirklich nicht gerne trägt. Ich bin den Blick schon gewohnt, darum kann ich den gut ignorieren. Ich denke mir, wenn Mama sonst nichts zu tun hat, als sich über meine Plastiktüten Gedanken zu machen, ist doch fein. Hauptsache, Papa kommt gleich.

Als wir mit meinen Plastiktüten unten ankommen, schlägt die Kirchturmuhr gerade 12 Uhr. Leider ist Papa nirgends zu sehen. Ich kriege leichte Schweißausbrüche, weil ich mir vorstelle, wie schon alle Mädchen brav im Bus sitzen und warten, dass ich endlich erscheine. Die Kunklige ist bestimmt auch schon richtig aus dem Häuschen, weil sie Unpünktlichkeit echt nicht leiden kann. Und wenn ich dann nachher mit Mama und Papa ankomme, wird sie mir so richtig den Pelz über die Ohren ziehen. Mama scheint den Ernst der Lage für einen Moment zu verdrängen, die kommt sich nämlich nicht zu blöd vor, so zu tun, als ob sie meine Plastiktüten in die Mülltonne schmeißen will.

«Sehr witzig.»

Ich reiße Mama meine Plastiktüten wieder weg, und dann kommt auch schon Papa mit ordentlich Schmackes angefahren. Er bremst, springt aus dem Auto und ruft:

«Los, los, los, Leute.»

Dabei klatscht er in die Hände und guckt sich verwundert um.

«Wo ist dein Koffer? Ist der noch oben?»

«Nein. Meine Sachen sind in den Tüten.»

Mama steigt schnell auf der Beifahrerseite ins Auto, weil sie sich nicht anhören will, was Papa zu der Kofferthematik zu sagen hat. Wegen solcher Missstände kann Papa schon mal richtig ärgerlich werden und sich weigern loszufahren. So eine Nummer hat der echt schon mal gebracht. Aber dieses Mal schüttelt er nur den Kopf und stellt die Tüten in den Kofferraum. Dann steigen wir zu Mama ins Auto, und los geht es, quer durch den Wald. Papa drückt kräftig aufs Gas, und ich gucke raus, sehe das Grün der Baumkronen und habe das Gefühl, dass ich jetzt für immer Abschied nehmen muss. Als wir an der Ampel am Ende des Waldes halten, dreht Papa sich zu mir nach hinten um und meint:

«Lelle, neben dir auf der Rückbank müsste ein blaues Papiertütchen liegen.»

«Ja.»

«Guck mal rein.»

Ich nehme das Tütchen, klappe es auf und sehe hinein.

«Was ist das?»

«Ein Lederband für deinen Stein.»

Und jetzt, als Papa mit einem Ruck wieder anfährt, fällt mir auf, dass ich den Stein gar nicht mehr um den Hals hängen habe, und zwar schon sehr lange nicht mehr. Ich weiß gar nicht, wo der ist. Das ist natürlich ein Zeichen: Der Stein ist weg, Marcel ist weg. Schade. Ich meine, wenigstens den Stein hätte ich behalten können. Als Erinnerung an mein erstes Mal. Das wäre doch etwas gewesen. Jetzt habe ich gar nichts mehr, Marcel ist wie weggewischt. Mama guckt über die Schulter zu mir nach hinten.

«Welcher Stein?»

«Ach, so ein Anhänger, den ich von einem Jungen geschenkt bekommen habe.»

«Von welchem Jungen denn?»

«Kennst du nicht.»

Ich will echt nicht über Marcel reden. Die Nummer ist vorbei. Und gerade jetzt muss Papa mit diesem Lederband ankommen. Ich frage mich sowieso, was mit ihm los ist. Seitdem ich im Geschäft wohne, kommt der mir irgendwie so verändert vor. Ich meine, der hat mir noch nie was geschenkt, außer einem Playmobil-Indianer, als ich fünf Jahre alt war. Das ist aber auch alles. Wenn Cotsch und ich Geburtstag hatten, war Mama immer für die Geschenke zuständig und musste sie vom Haushaltsgeld bezahlen. Papa hat sich einen feuchten Dreck darum geschert, was wir kriegen. Wenn wir uns trotzdem bei ihm bedanken wollten, hat er ganz trocken gesagt: «Ich habe damit nichts zu tun. Das war Mamas Idee.» Weil Papa sich auf einmal solche Mühe gibt, sollte ich mich unbedingt freuen, sonst ist er hinterher enttäuscht und überlegt sich nicht nochmal so eine Überraschung.

«Das ist wirklich ganz lieb, Papi.»

«Ich dachte, mit der Kordel ist das nichts. Die hält doch nichts aus.»

«Ja.»

Papa hupt und biegt rechts ab. Vor der Schule steht der Reisebus, umringt von hundert Chormädchen, die ihre Koffer zum Laderaum schleppen. Wir fahren langsam daran vorbei, und immer weiter, bis der Bus schon wieder weit hinter uns liegt. Mama sieht fassungslos zu Papa, und mir stockt auch der Atem. Papa fährt seelenruhig weiter und murmelt:

«Wir müssen mal sehen, wo wir hier parken können.»

Das wird schwer, weil alles von den anderen Eltern zugeparkt wurde. Papa biegt in irgendwelche Nebenstraßen ab, und Mama und ich wissen gar nicht, was wir sagen sollen. Vor allen Dingen, weil ja die Gefahr besteht, dass Papa sich sofort angegriffen fühlt und rumschreit. Wenn wir früher in den Urlaub gefahren sind, gab es auch ständig Ärger im Auto. Eigentlich schon vorher beim Kofferraum-Packen, Papa fand nämlich immer, dass wir «Frauen» zu viel mitnehmen, was echt nicht stimmte. Der Kofferraum war einfach nur zu klein. Meistens sind wir wegen der Stauraumproblematik auch noch so spät losgekommen, dass Papa ziemlich rasen musste, damit wir die Fähre noch kriegen. Wenn da jemand ein falsches Wort gesagt hat, wurde es richtig schrecklich. Papa hat mit der flachen Hand aufs Lenkrad gehauen, und Mama ist jedes Mal zusammengezuckt und hat sich in ihre Ecke gedrückt. Dabei hat sie mit ihrer Deeskalations-Stimme gehaucht:

«Beruhig dich doch, Berni.»

Das hat Papa aber noch rasender gemacht, und eins schwöre ich: Zu meinem späteren Ehemann werde ich nie sagen: «Beruhig dich doch!» Damit habe ich echt schlechte Erfahrungen gemacht. Aber Mama hat bis heute nicht geschnallt, dass Papa dieses unterwürfige Rumgeflüster und manische Entschuldigen nicht leiden kann. Dem würde es besser gefallen, Mama würde auch mal auf den Putz hauen. Ich nehme bloß an, das wird in diesem Leben nichts mehr. Darauf kann er sich schon mal einstellen. Na ja. Auf jeden Fall fanden Cotsch und ich es nie besonders toll, hinten im Auto zu sitzen, während Mama vorne fertig gemacht wurde. Darum ist es umso erstaunlicher, dass Mama jetzt sagt:

«Warum hast du uns denn nicht gleich beim Bus rausgelassen?»

Papa antwortet nicht, und das ist mindestens genauso schrecklich wie Rumschreien. Schweigen ist auch so eine Papa-Disziplin. O-ja. Das kann er. Meine ganze Kindheit und Jugend hat er geschwiegen, nur am Wochenende wurde rumgeschrien. Danach war wieder eine Woche Schweigen einprogrammiert. Ich kotze echt, wenn ich daran zurückdenke. Sowieso frage ich mich, wie lange ich mich noch an diese ganze Scheiße erinnern werde und ob ich irgendwann mal darüber hinweg bin. Mama guckt Papa an. Der starrt geradeaus und fährt immer weiter. Ich will echt wissen, warum er so scharf drauf ist, dass ich wegen ihm von der Kunkligen Ärger kriege. Der kann sich doch an fünf Fingern abzählen, dass ich was zu hören kriege, wenn ich unpünktlich bin. Und genau das möchte Mama verhindern.

«Berni, Lelle muss zum Bus!»

«Nun mach doch nicht immer so ein Theater.»

Seine Antwort auf fast alles. Mama ist stumm und presst die Lippen zusammen. Ich weiß es, obwohl ich es von hier hinten natürlich nicht sehen kann. Aber Mama presst immer die Lippen zusammen, wenn es Kommunikationsschwierigkeiten gibt, und Mama und Papa kommen echt auf keinen grünen Zweig. Darum grätsche ich da jetzt mal rein.

«Ich muss echt zum Bus, sonst kriege ich richtig Ärger.» Papa gibt Gas, reißt das Lenkrad rum, fährt rückwärts, dann wieder vorwärts, rückwärts, vorwärts, sodass unsere Köpfe wackeln. Ich denke schon: «Das war's! Jetzt fährt Papa mit uns gegen eine Wand. Der bringt uns alle um!» Und dann drückt er das Gaspedal richtig durch, die Reifen quietschen, wir schießen zurück zum Bus. Da halten wir in der zweiten Reihe, Papa springt raus, reißt den Kofferraum auf, nimmt meine Tüten und schleppt sie zum Bus. Ich renne ihm nach, und tatsächlich bin ich die Letzte, was aber nicht so schlimm ist, weil Carmen noch draußen steht und sich von ihren Eltern verabschiedet. Die Kunklige unterhält sich ebenfalls noch angeregt mit irgendwelchen Trantüten, die nach Elternteil aussehen, sodass sie gar nicht bemerkt, dass ich zu spät bin. Mama läuft hinter uns her und sagt: «Lelle, versprich mir, dass du ein bisschen was isst.» Das ist typisch Mama. Sobald eine brenzlige Situation überstanden ist, muss sie eine neue schaffen. Ich nicke, und dann stelle ich mich neben Papa, der meine Tüten im Laderaum verstaut. Er quetscht sie so zwischen die Koffer, dass sie während der Fahrt auf keinen Fall umfallen können.

«Wenn ihr angekommen seid, musst du gucken, dass du deine Tüten zuerst rausnimmst, sonst kippt dir das Zeug aus.»

«Ja, mach ich.»

«Merk dir, auf welcher Busseite deine Tüten stehen.»

«Ja, mach ich.»

«Rechts, in Fahrtrichtung.»

«Danke, Papa.»

«Das haben wir doch noch gut geschafft, was?»

«Danke, Papa.»

Ich gebe ihm einen Kuss, und Mama fummelt irgendwelche Reform-Früchteriegel aus ihrer Stofftasche und drückt sie mir in die Hand.

«Für die Fahrt.»

«Danke, Mama.»

«Bitte, iss ein bisschen was.»

«Ja, mach ich.»

«Wirklich?»

«Ja-ha.»

Natürlich glaubt mir Mama nicht, und ich würde mir an ihrer Stelle auch nicht glauben. Vielleicht esse ich ja einen von den Früchteriegeln, aber dass ich im Kloster so richtig losspachteln werde, davon ist tatsächlich nicht auszugehen. Papa schiebt Mama zur Seite und meint mit so einer Kennerstimme:

«Wenn alle Mädchen etwas essen, wird Lelle auch essen. Stimmt's?»

Ich nicke. Mama und ich wissen, dass Papa echt keine Ahnung hat. Und besonders schlimm ist es für Mama, weil klar ist, dass Papa nie begreifen wird, wie ernst die Lage ist. Darum guckt sie traurig, und ich wünschte, sie hätte mal mehr zu lachen. Früher, als Cotsch und ich klein waren, hat Mama viel gelacht. Mann, war die fröhlich. Das nehme ich jedenfalls an, weil sie auf allen Fotos, die Papa damals von uns gemacht hat, lacht. Auf den Fotos danach hat sie immer den gleichen sorgenvollen Gesichtsausdruck. Total verspannt. Mama tut mir Leid. Ich meine, Papa merkt echt nichts. Würde er mit ihr die Sorgen um Cotsch und mich teilen, würde es Mama sicher besser gehen, weil sie wüsste, dass die Verantwortung nicht nur auf ihren Schultern lastet. Ich drücke Mama fest an mich, in der Hoffnung, wenigstens ein bisschen Trost zu spenden, und ihr kullern schon wieder Tränen über die dicken, weichen Wangen.

«Mach's gut, mein Mädchen. Und futtere schön!»

«Tschüs, Mama. Ich hab dich lieb.»

«Ich dich auch, mein Kätzchen.»

Mama hat für uns Kinder tausend Spitznamen: Kätzchen, Äffchen, Bienchen und noch ein paar andere Tiernamen. Manchmal mischt Papa bei der Zoologie-Nummer mit und nennt mich Schneckchen.

«Mach's gut, Schneckchen.»

«Tschüs, Papa. Und danke fürs Bringen.»

«Ja, das haben wir doch noch gut geschafft.»

Mama wischt sich die Tränen weg, und Papa überwindet sich echt und legt einen Arm um ihre Schulter. Das ist ein tolles Geschenk zum Abschied. Da kann ich ja getrost ins Kloster gehen. Die Kunklige klatscht an der Bustür in die Hände und sagt freundlich: «Elisabeth, was stehst du da noch rum wie Piksieben? Komm, steig in den Bus, wir wollen los.» Wären Mama und Papa nicht dabei, würde ihr echt ein anderer Satz einfallen, um mich zum Einsteigen zu bewegen: «WENN DU NICHT SOFORT EINSTEIGST, BLEIBST DU HIER!» Zum Dank lächle ich lieb und mache einen auf gehorsames Chormädchen. Die Kunklige folgt, und die Bustüren gehen zu.

Drinnen im Bus ist es dämmrig und voller Mädchen. Es dauert ein bisschen, bis sich meine Augen an die neuen Lichtverhältnisse gewöhnt haben und ich eruieren kann, wo Tessi sitzt. Ganz hinten links, auf der vorletzten Bank. Sie reißt einen ihrer Arme nach oben und ruft mit ihrer Flötenstimme: «Lelle, Lelle!» Ich kämpfe mich zu ihr durch und grüße freundlich nach rechts und links. Man kennt sich ja vom Sehen. Alice hält mich sogar kurz am Ärmel fest: «Du bist zu spät!» Blöde Kuh! Die hat es echt verdient, von Marcel verarscht zu werden! Als ich bei Tessi ankomme, nimmt sie mich zur Begrüßung gleich in den Arm, und über ihre Schulter sehe ich Mama und Papa vor dem Fenster stehen. Papa hat so ein stolzes Lächeln im Gesicht und Mama ein tapferes. Ich drücke mich an die Scheibe, der Bus fährt an, und gerade als die Kunklige ins Bus-Mikro pustet und «Eins, zwei, hallo, ist das an?» sagt, kommt ein Junge mit fliegenden Haaren und großen Stiefeln über den Platz gerannt. Ich traue meinen Augen nicht.

«Das da draußen, ist das Marcel?»

«Sieht so aus.»

«Was will der denn hier?»

«Ich nehme an, sich von dir verabschieden.»

«Warum?»

Marcel läuft direkt auf den langsam rollenden Bus zu, quetscht sich an den winkenden Eltern vorbei, dann sehe ich ihn nicht mehr. Ich presse mich so eng ans Fenster, dass mein Gesicht von außen als Ausbeulung zu bewundern sein müsste. Keine Chance. Marcel ist weg. Jetzt bin ich echt fickrig. Ich meine, wie soll ich jemals in Erfahrung bringen, warum er doch noch erschienen ist? Das ist mir echt ein Rätsel. Warum kommt der auch auf den letzten Drücker angewetzt. Ich meine, der hätte sich ja mal eher auf die Socken machen können. Plötzlich stoppt der Bus die Motoren, die vorderen Türen gehen mit so einem Puffen wieder auf, und neben der Kunkligen erscheint Marcel. Er keucht ziemlich:

«Entschuldigung. Ich muss nur kurz mit Lelle sprechen.»

Die Kunklige ist echt platt. So eine Nummer hat sich in ihrer Gegenwart noch niemand getraut. Die bringt nur so ein Gestotter heraus, dabei hält sie sich immer noch das Mikro unter die Nase.

«Wer? … Was … Wir wollen losfahren.»

Und ich pisse mir gleich in die Hose. Marcel nimmt der Kunkligen das Mikro aus der Hand und sagt:

«Lelle, wo bist du?»

Ich klebe auf meinem Sitz und starre in seine Richtung. Ich bin echt handlungsunfähig. Aber Tessi nicht. Die zieht mich von der

Bank in den Gang hinaus und schubst mich nach vorne. Dabei flüstert sie: «Los, geh.» Wie so ein besoffener Eisbär tapse ich weiter, und ich kann mich gerade nicht entscheiden, ob das der schlimmste Albtraum meines Lebens ist oder der beste von allen. Marcel kommt mir entgegen, und in der Mitte des Busses, kurz hinter Alice, treffen wir uns, da nimmt er meine kalten Hände und flüstert:

«Ich liebe dich, Lelle. Ich wollte nur, dass du das weißt.» Als würde das noch nicht reichen, küsst er mich auf den Mund und hängt mir meinen Stein wieder um den Hals.

«Den hast du gestern bei mir vergessen.»
Und bevor ich überhaupt was sagen kann, läuft er schon wieder den Gang hinunter, an der Kunkligen vorbei, nach draußen. Die Türen gehen zu, und ich taumle zurück auf meinen Platz. Ich hoffe echt, die Kunklige sagt jetzt nichts. Draußen gucken Mama und Papa fragend zu Tessi und mir hoch, und ich kann nur wie aufgezogen winken. Hinter ihnen steht Marcel und macht so ein Zeichen, als ob sein Herz wie irre schlagen würde. So wie meins.

Hundert Mädchen fahren übers Land: blühende Felder, grüne Wälder, weite hüglige Wiesen, strahlend blauer Himmel. Ein Mädchen sitzt unter ihnen und schweigt. In der Hand einen Stein, eingefasst in zwei Messingklammern, aufgezogen auf ein feines Lederband.

Schon wieder vermisse ich jemanden so sehr, dass es wehtut. Genau wie damals, als Arthur weggeflogen ist. Komisch eigentlich, wo ich Marcel noch gar nicht richtig kenne. Vielleicht liegt es daran, dass wir miteinander geschlafen haben. So etwas verbindet, nehme ich an. Die Erinnerung an gestern Abend kommt mit voller Wucht zurück. Egal, ob ich die Augen schließe oder nicht. Ich sehe mich, ich sehe uns, wie wir auf seiner Matratze eng umschlungen liegen, seine nackten Schultern über mir, sein Lächeln, seine Stimme: «Ist alles okay?» Immer wieder: «Ist alles okay?» So sanft, so zart. Endlich weiß ich: Das war tief empfunden, ernst gemeint. Er hat mich gemeint, sein kleines Vogelmädchen. Ich hole tief Luft, weil ich Marcel so sehr vermisse, und gerne würde ich Mama fragen, warum das Leben so ist, wie es ist. Mama würde sagen: «Davon lebt die Literatur.» Und wahrscheinlich hat sie Recht. Das muss ich aushalten. Trotzdem, die Aussicht auf zehn Tage Marcel-Entzug macht mich fertig, vor allen Dingen konnte ich ihm in der Eile gar nicht mitteilen, dass ich ihn noch will. Ich meine, ich habe nichts gesagt, einfach nur blöd geglotzt. Vielleicht denkt er jetzt, dass ich die Nase voll von ihm habe. Das wäre schrecklich! Ein absolutes Missverständnis.

Was mache ich denn jetzt? Am liebsten würde ich aussteigen und nach Hause laufen. Stattdessen fährt der Bus unaufhaltsam weiter, weg von Marcel, in Richtung Kloster. Das darf ich mir gar nicht bildlich vorstellen, sonst drehe ich durch. Zum Glück kommt schon wieder die Stimme der Kunkligen durchs Mikrophon, und es ist tatsächlich das erste Mal, dass ich mich darüber freue. Wenn die Kunklige spricht, kann man sich gedanklich nicht entziehen. Da muss man zuhören.

«Mädchen, aufgepasst! Ich lese jetzt die Zimmerverteilung vor.»

Und dann folgen hundert Namen und Zimmernummern, Mädchen, die nach vorne zur Kunkligen gehen, um sich ihre Schlüssel abzuholen. Tessi übernimmt den Gang für uns, und als diese Aktion vorbei ist, bin ich wieder mir und meinen Gedanken überlassen. Ich sitze da und gucke raus, in die grüne, wunderschöne Landschaft.

Als der Bus knirschend über den gekiesten Vorplatz fährt, schüttelt mich Tessi an der Schulter. «Wach auf, wir sind da!» Ich blinzle, und für einen Moment hoffe ich, dass alles nur ein blöder Traum war und ich zu Hause bin, um mich gleich an diesem sonnigen Nachmittag mit Marcel zu treffen. Aber höchstens eine Stunde ist seit vorhin vergangen, und ich sitze immer noch im Bus, und die gesamte Chorfreizeit liegt wie ein riesiger, grauer Knetgummiklumpen vor mir. Wenigstens habe ich ein bisschen Schlaf von heute Nacht nachgeholt, und in den nächsten zehn Tagen werde ich sowieso jede freie Sekunde mit Schlafen verbringen, um nicht mitzubekommen, wie langsam die Zeit vergeht. Die Mädchen springen von ihren Plätzen auf und drängen zu den offenen Türen. Jetzt muss ich zusehen, dass ich trotzdem als Erste am rechten Kofferladeraum bin, damit meine Tüten nicht umkippen.

Draußen scheint die Sonne, über uns rauschen die Blätter der drei mächtigen Blutbuchen, die vor dem lang gestreckten Nebengebäude stehen. Die rechte Laderaumklappe wird geöffnet, und ich ziehe meine Tüten raus. Tessi nimmt ihren Rucksack, dann gehen wir quer über den Vorplatz, die breite Sandsteintreppe hinauf. Die große, mit Schnitzereien verzierte Holztür steht offen, wir treten ein, und sofort hallen unsere Schritte durch den kühlen, leeren Raum. Jetzt links, am Hausmeisterkabuff vorbei, den Säulengang hinunter, am wild bewachsenen Innenhof entlang. Friedlich und still ist es, Schmetterlinge flattern im Sommerlicht, leise knirschen unsere Schritte über die grauen Steinplatten. Mama würde sich hier sehr wohl fühlen, die steht auf Gotteshäuser. Früher, im Urlaub, haben wir uns Unmengen von Kirchen angesehen, und in einer hat Cotsch mit Papas Taschenmesser sogar was in die Bank geritzt: «Life sucks.» Als Mama das gesehen hat, war sie so enttäuscht, dass sie Cotsch direkt eine geklebt hat: «So habe ich *euch* nicht erzogen.» Als wenn ich auch was in die Bank geritzt hätte. Das würde ich nie machen. Im Gegensatz zu Cotsch, die würde sich sogar an Jesus ranmachen, würde er noch leben. Cotsch ist echt so eine richtige Maria Magdalena. Da gab es ganz früher auch mal einen Song drüber: «Maria Magdalena – You're a creature of the night. You're a victim of the fight. You need lo-ho-hove.» So ähnlich ging das. Ganz hart. Wenn das im Radio kam, ist Cotsch wie von der Tarantel gestochen im Wohnzimmer rumgetanzt. Echt, ganz hart. «You need lo-ho-hove.» Die fühlte sich von dem Text total angesprochen. So, als sei der Song nur für sie gemacht. «You need lo-ho-hove!» Na ja. Auf jeden Fall kriegt Mama immer so einen richtigen Glückskoller, wenn sie nur das Wort «Kloster» hört. Die fühlt sich dann sofort ganz geborgen, und sowieso will sie im Alter zu den Äbtissinnen ziehen. Ich nehme an, damit sie dann endlich Ruhe hat. Speziell vor Papa, der dürfte ja dann nicht mit. Es ist echt erschreckend, dass Mama ihren Lebensabend ohne ihn plant.

Am Ende des Säulengangs steigen wir die schmale Steintreppe hinauf und stehen oben direkt vor einem schattigen Gang, von dem links die Zimmer abgehen. Auf der anderen Seite sind gelb verglaste Fenster, von denen man verschwommen in den Innenhof sehen kann. Mama würde sagen: «So eine Stimmung inspiriert mich.» Ich weiß nicht, wozu. Aber irgendwie fühle ich mich auch schon ein bisschen inspiriert. Für einen Moment. Ganz ruhig. Schön ist das. Tessi schließt unser Zimmer auf, und der Zauber ist vorbei:

«In welchem Bett willst du schlafen?»

In Marcels! Ist doch wohl klar! Ich meine, niemand weiß, wie lange das Leben geht. Da sollte man jede Sekunde genießen, voll auskosten und nicht dröge im Kloster rumsitzen. Das ist jedenfalls meine Meinung. Tessi scheint damit kein Problem zu haben, die packt gleich ihre Klamotten in den Kleiderschrank. Ich lasse meine in den Tüten, weil ich echt nicht sicher bin, ob ich es hier überhaupt zehn Tage aushalte. Erst mal setze ich mich aufs Fensterbrett und sehe hinaus auf den Platz, wo noch immer der Bus unter den drei großen Blutbuchen mit ihren riesigen, rauschenden Baumkronen steht. Ich öffne die Fenster, gleich riecht es nach Kuh und Landwirtschaft. Ich atme tief ein, und am liebsten würde ich mir eine Zigarette anzünden. Aber in den Zimmern darf natürlich nicht geraucht werden, und sowieso sind anständige Chormädchen mit Glimmstengel nicht gerne gesehen. Rauchen macht die Stimme kaputt. Ich will trotzdem, weil ich festgestellt habe, dass das echt entspannt.

«Tessi, kommst du mit runter, eine rauchen?»

«Wo willst du denn hier rauchen? Da sieht dich doch jeder.»

«Wir können ja ein bisschen spazieren gehen.»

«Nee, lieber nicht.»

«Dann qualme ich eben aus dem Fenster.»

«Bitte nicht! Hinterher riecht das die Kunklige, und dann kriegen wir kein Solo.»

«Ist mir egal.»

«Mir aber nicht.»

Kann ich ja auch verstehen, Tessi ist eben in einer ganz anderen Verfassung als ich. Mir ist gerade wirklich alles egal, sogar, ob die Kunklige mich beim Rauchen erwischt. Ich will nur noch zu Marcel. Speziell, wenn ich mir vorstelle, wie der sich heute auf Barrys Party mit den ganzen Blondinen rumdrückt. Bei dem Gedanken wird mir richtig blümerant. Nicht, dass ich eifersüchtig bin, ich habe einfach nur Bedenken, dass der sich mit denen trösten könnte, weil er denkt, dass ich nichts mehr von ihm will. Wie gesagt: Ich habe ihm kein Zeichen der Versöhnung gegeben.

«Tessi, ich glaub, ich hau ab.»

«Was?»

«Ich hau ab.»

Meine Stimme zittert, und daran merke ich, dass ich echt gewaltig unter Druck stehe. Dafür habe ich ein Gespür, weil Mama, seit ich denken kann, von innerem Druck redet. Die verspürt nämlich auch immer so einen inneren Druck. Darum kaut sie auch auf der Haut ihres Daumens herum, bis Blut kommt. Manchmal wünschte ich wirklich, ich wäre wie Tessi. Die scheint nie einen inneren Druck zu verspüren. Die lacht und ist mit allem zufrieden. Echt bewundernswert.

«Was ist denn los?»

«Ich will zu Marcel.»

Tessi legt ihren Arm um meine Schulter, und obwohl sie nach Mottenkugel riecht, tut das gut. Mich strengt die Geschichte mit Marcel so was von an, weil ich denke, dass alles den Bach runtergeht, bevor es überhaupt richtig angefangen hat. Das könnte ich nicht verkraften. Ich muss Klarheit schaffen, sonst bringt mir Marcel zum Schluss ein neues Trauma bei. Und darauf kann ich echt verzichten.

«Tessi, warum hast du eigentlich kein Trauma?»

«Was für ein Trauma?»

«Na, zum Beispiel von den Scheidungen deiner Eltern.»

«Keine Ahnung.»

Tessi sieht mich ratlos an, und es scheint, als hätte sie sich über diesen Punkt noch nie Gedanken gemacht. Hauptsache, sie kommt jetzt nicht durch mich auf den Trichter, dass sie eigentlich eins haben müsste. Das wäre echt scheiße.

«Ist ja auch nicht so wichtig.»

«Wieso? Hast du ein Trauma?»

«Nö, auch nicht.»

Jetzt musste ich gerade mal lügen, damit Tessi nicht in Zugzwang gerät. Wenn man nämlich erst mal ein Trauma hat, wird man das nie wieder los. Ich kenne mich da aus. Zum Glück ertönt unten in der Halle der Essensgong, gleich darauf Türenschlagen und Schuhgetrappel. Natürlich wollen alle die besten Plätze im Speisesaal ergattern und sich ordentlich Kuchen reinpfeifen. Nach letzter Nacht könnte ich auch ein Käffchen gebrauchen, mir brummt echt ordentlich der Schädel. Außerdem habe ich, bis auf den Früchteriegel, heute noch nichts gegessen.

«Lass uns runtergehen.»

Wir rutschen von der Fensterbank, schlüpfen in unsere Schuhe, und dann waschen wir uns beide noch schnell die Hände im kleinen Badezimmer. Das verfügt über eine automatische Abzugslüftung, die könnte ich mir zunutze machen und nachher gemütlich und unbemerkt ein Zigarettchen rauchen.

Okay, Leute, ich habe der Kunkligen beim Kaffee gesagt, dass mir schlecht ist und ich nicht zur Probe kommen kann. Tessi hat zwar nochmal versucht, mich zu beruhigen, aber ich bin echt nicht in der Verfassung, mich mit hundert Mädchen in Reih und Glied aufzustellen, um Stimmübungen zu machen. Ich muss rausfinden, ob ich mich auf ein Leben mit Marcel einstellen darf oder nicht. Wenn ich in diesem Punkt Klarheit hätte, würde das schon viel für mein seelisches Gleichgewicht bringen. Leider kann man so eine wichtige Angelegenheit nicht am Telefon klären und darum rufe ich ihn erst gar nicht an. Das gibt hinterher nur Missverständnisse.

Um klarer nachdenken zu können, habe ich mich erst mal in unser Bad zurückgezogen. Da hocke ich jetzt auf dem Klodeckel, rauche eine Zigarette nach der anderen, und es dauert gar nicht lange, bis ich weiß, wie die Sache laufen könnte. Mein Plan sieht folgendermaßen aus: Ich konzentriere mich noch ein bisschen weiter darauf, dass es mir richtig schlecht geht und ich psychisch nicht auf der Höhe bin. Wenn die Proben zu Ende sind, taumle ich unten in der Halle rum und spreche die Kunklige mit so einer Leidensmiene an. Ich werde ihr zuflüstern: «Frau Kunkel, es tut mir Leid, ich weiß nicht, was mit mir los ist, aber mir geht es so schlecht. Ich glaube, ich muss nach Hause.» Und damit sie ja nicht auf die Idee kommt, dass das eine Sache von fünf Minuten ist, werde ich ihr noch sagen: «Ich bin in psychologischer Behandlung.» Das zündet garantiert.

Allerdings werde ich erst mit der Kunkligen sprechen, wenn klar ist, wie ich hier wegkomme. Sonst gibt das nur so ein unangenehmes Durcheinander, und zum Schluss müsste ich vielleicht sagen: «Äh, ich bleibe doch hier.» Das wäre mir echt peinlich. Am besten, Papa holt mich ab und bringt mich direkt zu Barrys Party. Hier gibt es nämlich nicht mal einen Bahnhof, und trampen will ich nicht. Da hört man ja so viele schlimme Geschichten, und auf so eine Erfahrung kann ich echt verzichten. Damit wäre niemandem geholfen. Das muss Papa einsehen.

Leise schleiche ich mich aus dem Zimmer, den Gang hinunter bis zur Treppe. Da lausche ich, ob ich jemanden höre. Nichts. Also schleiche ich weiter, die Stufen runter, durch den Säulengang. Schmetterlinge flattern über die Kapuzinerkresse, Himbeeren ranken sich um die Säulen herum, und von drinnen ist schon der Chorgesang zu hören. In Gedanken singe ich mit und stelle mir dabei vor, wie die braven Mädchen steif vor ihren Stühlen stehen, die Chormappen in Händen, ihre Münder auf- und zuklappen und zur Kunkligen starren. Gut, dass ich mir das gerade erspare.

In der Eingangshalle steht die Tür nach draußen offen, und der Blick ist frei auf die drei Blutbuchen, dahinter fährt ein Traktor über das sonnige Feld. Rechts von der Eingangstür ist das Hausmeisterkabuff, wo immer ein Zivi drin sitzt und Dienst hat. Ich klopfe an die Tür, und der Zivi lässt mich rein. Das ist wieder der vom letzten Jahr, mit dem Carmen eine heiße Romanze laufen hatte. Eigentlich sollte der Zivi deswegen versetzt werden, und ich wundere mich, dass er immer noch hier ist. Ob Carmen das weiß?

«Hallo. Könnte ich vielleicht mal telefonieren?»

«Klar. Dahinten steht das Telefon.»

«Danke.»

Der Zivi zeigt auf seinen Schreibtisch und schiebt mir freundlicherweise seinen Stuhl hin. Ich setze mich drauf, und während der Zivi neben mir an seinen Fingernägeln rummacht, wähle ich unsere Zuhause-Nummer. Es tutet und tutet, und keiner nimmt ab. Also probiere ich es im Geschäft. Irgendwo müssen Mama und Papa ja sein. Aber auch da geht keiner ran.

«Kann ich es später nochmal probieren?»

«Klar … Sag mal, ist Carmen auch wieder mit dabei?»

«Ja.»

«Kannst du ihr was ausrichten?»

«Was denn?»

«Dass ich hier bin.»

«Klar. Aber warum sagst du ihr es nicht selber?»

«Weil ich mich in der Öffentlichkeit besser nicht mit ihr zeigen sollte. Du weißt schon: Der Glöckner von Notre-Dame.»

«Was?»

«Wir sind hier im Kloster!»

«Ach so, ja. Ich sag's ihr.»

«Danke.»

«Bis später.»

Ich latsche wieder zurück in die Halle, in dem Moment geht die Tür vom Probenraum auf, und die Mädchen kommen raus. Zuallererst Carmen und Tessi, dahinter Alice mit Sofie, die mir merkwürdigerweise freundlich zuwinken. Ich winke zurück, und bevor mich die Kunklige noch entdeckt, verdrücke ich mich mit Carmen und Tessi schnell hinter einen Pfeiler. Da sage ich zu Carmen:

«Ich soll dir von deinem Zivi bestellen, dass er hier ist.»

«Ach du Kacke.»

«Ich glaube, der würde sich gerne heimlich mit dir treffen.»

«Kacke, kacke, kacke.»

«Was denn?»

«Ich verpiss mich nach oben. Ich hab keinen Bock, den zu sehen.»

«Warum nicht?»

«Weil ich nichts von dem will.»

Und in der Hoffnung, dass der Zivi nichts mitbekommen hat, drehen wir uns alle gleichzeitig zum Hausmeisterkabuff um, wo er hinter der Scheibe schon die Hand zum Gruß erhebt. Carmen läuft rot an und sprintet gleich um die nächste Ecke, wobei sie fast über ihre eigenen Füße stolpert. So eilig hat sie es. Ihre Erfahrungen mit dem Zivi scheinen schlimm gewesen zu sein. Zum Zeichen, dass wir echt nicht wissen, was los ist, zucken Tessi und ich mit den Schultern und heben ratlos die Hände. Der Zivi macht es uns nach, und dann gehen wir raus vor die Tür, ums Kloster herum, über die Wiese, mit den Füßen durch die Haufen von gemähtem Gras, bis zum kleinen Fluss. Am sandigen Ufer setzen wir uns auf ein paar große Steine, und ich kann endlich die nächste Zigarette rauchen.

«Wie war die Probe?»

«Alice hat ohne Vorsingen ein Solo bekommen.»

«Das war ja klar.»

«Dabei finde ich ihre Stimme echt scheiße.»

«Du kriegst bestimmt auch noch eins.»

«Das wird sich zeigen … Und was ist mit dir? Bleibst du jetzt hier?»

«Nee. Ich hab schon versucht, meine Eltern zu erreichen, aber die sind nicht da.»

«Bitte!»

«Ich kann echt nicht, Tessi.»

«Wenn du jetzt fährst, kriegst du nie ein Solo.»

«Ist mir egal.»

Wir sehen über den Fluss, die gelben Felder, am Horizont das Abendrot, die Mücken tanzen über dem Wasser, um unsere Köpfe. Der Himmel ist unendlich weit, hier sitzen wir: ratlos, still. Tessi mit nackten, weißen Beinen, in flachen hässlichen Schuhen. Ich in Jeans und T-Shirt mit dem Stein um den Hals.

Nach dem Abendessen hocken wir mit ein paar anderen Mädchen bei Carmen und Katja im Zimmer auf den Betten. Mama und Papa habe ich immer noch nicht erreicht, obwohl ich es ungefähr schon dreißigmal probiert habe. Ich frage mich echt, wo die stecken. Nicht mal Cotsch geht ans Telefon. Wahrscheinlich haben die sich gegenseitig umgebracht und liegen jetzt blutend bei uns zu Hause rum. So was kommt doch vor. Familiendrama nennt man das. Katja erzählt gerade ihr ganz persönliches Drama, und eigentlich hören wir alle nur mit halbem Ohr zu, weil wir sie echt nicht leiden können. Außerdem kennen wir ihre Problematik schon in- und auswendig: «Hast du schon gewusst, dass ich als Baby adoptiert wurde?» Das nervt einfach total, wie die sich immer mit ihrem blöden Adoptions-Schicksal in den Vordergrund spielen muss. Als würde sie das irgendwie aufwerten. So ein Scheiß. Da haben manche von uns echt andere Probleme! Ich wünschte wirklich, sie würde sich mal was Neues einfallen lassen. Irgendwas, wo wir anderen mitreden können. Und in diesem Augenblick geht mein Wunsch auf magische Weise in Erfüllung! Katja fängt tatsächlich an, uns über ihre frühkindlichen Selbstbefriedigungsaktionen aufzuklären. Ich muss zugeben, jetzt hören wir mit großen Ohren zu.

«Nee, echt! Das ist total witzig, was mir meine Stiefmutter letztens erzählt hat. Die hat zu mir gesagt: Als Vierjährige hast du dich schwitzend an der Sofalehne gerieben … Und was ist mit euch, Mädels? Macht ihr Selbstbefriedigung?»

Mucksmäuschenstill sitzen wir da und glotzen Katja an. Ich für meinen Teil weiß echt nicht, was ich sagen soll. Ich meine, ich werde mich hüten, hier irgendwelche Details preiszugeben. Vorsichtig gucke ich zu Tessi rüber, die auch schon ganz nervös an ihrem Verlobungsring rumfummelt. Daher nehme ich an, dass sie auch nicht scharf drauf ist, ähnliche Intimitäten auszuplaudern. Ich meine, es ist echt was anderes, über Sex mit dem Partner zu sprechen als über Selbstbefriedigung. Für das Thema muss sich Katja andere Gesprächspartner suchen. Zum Beispiel Cotsch. Die ist auch immer ganz heiß darauf, über solche Anormalitäten zu diskutieren. Die nimmt da auch kein Blatt vor den Mund. Vielleicht sollte ich die beiden miteinander bekannt machen. Ich wünsche mir wirklich, jemand würde einen zündenden Einfall haben und das Thema wechseln. Stattdessen räuspert sich Susanne und legt auch noch los. Die liebe, brave Susanne mit ihren blonden Haaren und dem roten Halstuch mischt echt mit beim Selbstbefriedigungsthema.

«Also, ich mache das schon ab und zu.»

«Echt?!»

Und in diesem Moment wird Katja klar: Sie hat Hau-den-Lukas gewonnen. Volle Punktzahl. Sie setzt sich gleich ein bisschen aufrechter hin, und ihre Schweinsäugelein leuchten.

«Und seit wann?»

«Weiß nicht. Vielleicht seit einem Jahr.»

«Hast du früher als kleines Kind auch masturbiert?»

«Nicht, dass ich wüsste.»

«Dann musst du mal deine Mutter fragen.»

Das wäre so ungefähr das Letzte, was ich Mama fragen würde. Ich glaube sowieso, dass die gar nicht weiß, dass es so etwas gibt. Jedenfalls hat sie damals beim Mittagessen ahnungslos getan, als Cotsch meinte: «Ich brauche keinen Mann. Ich kann mich selbst befriedigen.»

«Der Zivi hat mir in die Haare gespritzt.»

Carmen sitzt im Schneidersitz auf ihrem Bett und blickt erwartungsvoll in die Runde.

«Was?»

«Der Zivi … von unten … hat mir letztes Jahr in die Haare gespritzt.»

«Was meint sie?»

«Mann! Sperma!»

«Wie das denn?»

«Ich hab ihm einen geblasen.»

«Igitt! Wo denn?»

«Ist doch egal.»

Viola rutscht gleich ein bisschen von Carmen ab und macht so eine angewiderte Grimasse. Eigentlich machen alle ein Gesicht, als müssten sie gleich kotzen.

«Ich hoffe, du hast dir danach die Haare gewaschen.»

«Was denkst du denn?»

«Igitt, ist das eklig!»

«Fand ich auch.»

«Konnte der nicht aufpassen?»

«Anscheinend nicht.»

Wir schütteln uns alle, und dann fallen mir hundert Geschichten von Cotsch ein, die ich zum Besten geben könnte. Zum Beispiel die von letzter Nacht.

«Meine Schwester hat gestern in meinem Bett rumgebumst.»

«Hat die kein eigenes?»

«Doch. Aber ich wohne alleine und sie nicht.»

«Und mit wem hat sie da rumgebumst?»

«Mit so einem Typen, und ich musste auch noch zugucken.»

«Ist ja krank. Wieso das denn?»

«Weil die einfach die Tür offen gelassen hatten, und ich bin reinspaziert.»

«Und was hat sie dazu gesagt?»

«VERPISS DICH!»

«Und du?»

«VERPISS DICH SELBER!»

«Und dann?»

«Hat sie trotzdem weitergemacht.»

«Ist ja hart. Ich würde meine Schwester glatt umbringen, wenn die in meinem Bett rumbumsen würde.»

«Ich hab ihr mit einem Kochtopf auf den Kopf gehauen.»

«Quatsch! Echt?»

«Ja, aber dann ist der Typ dazwischengegangen und hat den Topf aus dem Fenster geworfen.»

«Deine Schwester hat ja echt eine Klatsche!»

Katja tippt sich an ihre fettige Stirn, und ich finde, mit dieser Äußerung ist sie ganz klar zu weit gegangen. Ihr steht es nicht zu, so über Cotsch zu urteilen. Ich meine, Cotsch ist meine Schwester, und ich werde es nicht dulden, dass jemand so über sie redet.

«Meine Schwester hat keine Klatsche.»

«Was denn dann? Ich meine, die hat in deinem Bett rumgebumst!»

«Na und? Wo soll sie denn sonst hin, wenn meine Eltern ihr das zu Hause verbieten?»

«Keine Ahnung. Zu dem Typen, oder so.»

«Das war auch nicht möglich.»

«Trotzdem finde ich's total krank.»

«Du bist selber krank!»

«Was ist denn mit dir los?»

«Ach, leck mich doch am Arsch.»

Jetzt reicht es mir aber! Diese Katja soll mich richtig am Arsch lecken! Mit der will ich mich keine Sekunde mehr in einem Raum aufhalten. Ich bin echt sauer. Tessi und ich stehen auf, und die restlichen Mädchen gucken blöd. Besonders Katja: «Hab ich was Falsches gesagt?» Am schlimmsten ist aber, dass ich Cotsch vor den anderen bloßgestellt habe. Ich meine, wenn die Tanten irgendwann mal auf Cotsch treffen, wissen sie nur diese eine Sache über sie, aber nicht, dass sie eigentlich eine wirklich tolle Schwester ist, die ich sehr lieb habe.

«Lass uns gehen, Tessi.»

Wir tapern den Gang hinunter, dann die Treppe, durch die Halle, wieder zum Zivi rein, der sich auf seinem kleinen Fernseher irgend so einen Film anguckt, wo ein Vater seinem kleinen Sohn Pfannkuchen bäckt. Das Fett in der Pfanne brutzelt so laut, dass der Zivi gar nicht mitkriegt, dass wir hinter ihm stehen.

«Kann ich nochmal telefonieren?»

«WAS?»

Um ein Haar kippt der Zivi mit seinem Stuhl nach hintenüber, und als er das Gleichgewicht wieder gefunden hat, presst er sich theatralisch seine Hände aufs Herz.

«Scheiße, habt ihr mich erschreckt.»

«Entschuldigung. Kann ich nochmal kurz telefonieren?»

«Bedien dich.»

«Danke.»

Tessi bleibt hinter dem Zivi stehen und glotzt mit auf den kleinen Fernseher, wo gerade so ein paar Typen mit Maschinengewehren eine Bar stürmen und wild um sich ballern, sodass alles in null Komma nichts in Schutt und Asche liegt. Weil kein freier Stuhl mehr da ist, setze ich mich auf die Tischkante und das Papierzeug vom Zivi und wähle mal wieder unsere Zu-Hause-Nummer. Hoffentlich geht jetzt jemand dran, ich meine, sonst ist Barrys Party vorbei, und ich hocke immer noch hier. Da weiß ich jetzt schon, dass ich in der Nacht vor lauter Nervosität kein Auge zukriegen würde. Endlich hebt jemand ab.

«Hallo?»

«Mama?»

«Lelle, bist du's?»

«Ja. Schläfst du schon?»

«Nein. Ich bügle noch. Was ist denn das für ein Lärm im Hintergrund?»

«Der Fernseher. Schläft Papa schon?»

«Weiß ich nicht. Ich nehme an. Vielleicht liest er aber auch noch. Warum?»

«Weil ich fragen wollte, ob er mich abholen kann.»

«Wie, was, wo denn?»

«Na hier, vom Kloster.»

«Ist was passiert?»

«Nee. Ich will einfach nur wieder nach Hause.»

«Was ist denn los?»

«Ni-hichts. Ich will einfach nur nicht hier bleiben. Das ist alles.»

«Also, ich glaube nicht, dass Papa jetzt nochmal losfährt. Der liegt schon im Bett.»

«Ich will aber weg, sonst drehe ich durch.»

«Mensch, Kinder!»

«Ich drehe echt durch. Bitte.»

«Hach!»

«Echt, Mama.»

Jetzt muss ich leider ein bisschen Druck machen, damit Mama begreift, wie ernst die Lage ist. Und mit so einer Psychonummer kriegt man sie immer rum. Das weiß ich von Cotsch. Wenn die Alarm schlägt, lässt Mama sofort alles stehen und liegen, nur um ihr zu Diensten zu sein. Das mache ich jetzt einfach auch. Ich meine, so etwas habe ich noch nie gebracht, aber ich finde, jetzt darf ich ausnahmsweise mal an mich denken.

«Ich drehe durch.»

«Warum denn?»

«Weil ich innerlich so angespannt bin.»

«Ich komme.»

«Was?»

«Ich komme.»

«Wie: Du kommst?»
«Ich hole dich ab.»
«Womit denn?»
«Mit dem Auto.»
«Das erlaubt Papa aber nicht.»
«Ist mir egal. Wo finde ich dich da?»
«Ich warte am Haupteingang. Ist wirklich schön hier. Es wird dir gefallen.»
...
«Mama?»
Die hat einfach aufgelegt. Was ist denn mit der los? Hauptsache, sie zieht das Bügeleisen aus der Steckdose, bevor sie aufbricht. Die kann doch nicht einfach mit Papas Auto losfahren! Wenn der das rausfindet, kriegt der einen Anfall. Vielleicht sollte ich lieber nochmal anrufen und ihr sagen, dass sie das besser lassen soll. Aber wer holt mich dann ab? Die Frage ist auch, ob Mama überhaupt noch Auto fahren kann. Puh. Ich weiß jetzt auch nicht, was ich machen soll. Ich bin gerade echt ein bisschen überfragt. Hinterher passiert Mama noch etwas. Zum Beispiel ein Unfall.
«Meine Mutter holt mich ab.»
Tessi reagiert überhaupt nicht. Die verfolgt gerade gebannt und mit offenem Mund eine Lynchszene, in der einem blutenden Typen der Kopf in einem Schraubstock zusammengequetscht wird.
«Meine Mutter holt mich ab.»
Endlich kriegt Tessi mit, dass ich mit ihr rede. Sie klappt ihren Mund zu und sieht mich an.
«Was hast du gesagt?»
«Meine Mutter holt mich ab.»
«Ist doch gut.»
«Ja, aber die ist schon seit zwanzig Jahren nicht mehr Auto gefahren.»

«Das ist schlecht.»

«Hinterher baut die einen Unfall.»

«Das glaub ich nicht. Außerdem, so weit ist das ja nicht bis hierher. Die wird das schon hinkriegen.»

«Meinst du?»

«Klar. Autofahren verlernt man doch nicht.»

«Hast Recht.»

Tessi und ich müssen es ja wissen. Schließlich haben wir beide noch keinen Führerschein. Na ja. Mama hat schon Schwierigeres hingekriegt. Jetzt muss ich bloß noch der Kunkligen Bescheid geben, dass ich abhaue. Bei dem Gedanken wird mir wirklich schlecht. Ich wünschte, Mama würde das für mich übernehmen. Wieso eigentlich nicht? Wenn Mama der Kunkligen sagt, dass ich psychisch am Durchdrehen bin, stellt die das garantiert nicht infrage. So machen wir es. Dann kann Mama auch gleich mal sehen, dass mich die Kunklige echt nicht leiden kann.

«Kommst du mit raus? Ich muss eine rauchen.»

«Rauch nicht so viel.»

«Ich muss mich aber entspannen.»

Wir winken dem Zivi zum Abschied, und wie jedes Mal kriegt er in letzter Sekunde seinen Laberflash.

«Was ist denn mit Carmen?»

«Was soll mit der sein?»

«Warum kommt die nicht mal runter?»

«Keine Ahnung.»

Wir können ihm ja schlecht sagen, dass sie immer noch mit dem In-die-Haare-spritz-Trauma zu kämpfen hat. So etwas hört niemand gern, speziell, wenn er dafür verantwortlich ist. Ich nehme an, die Aktion wird dem Zivi damals auch nicht so angenehm gewesen sein. Ich könnte echt loslachen, wenn ich mir vorstelle, wie er Carmen in totaler Ekstase in die Haare spritzt. Tessi scheint ähnliche Bilder vor Augen zu haben, weil sie sich mit der Hand vor dem Mund immer so zur Seite wegkrümmt. Der

Zivi guckt uns verunsichert an, und das macht die Sache nicht besser.

«Was ist denn los?»

«Nichts. Nichts.»

«Was denn? Hat Carmen was gesagt?»

«Nee. Was soll sie denn gesagt haben?»

Und dann müssen wir so doll lachen, dass wir schnell rauslaufen. Draußen ist es inzwischen etwas frisch geworden, und eigentlich wäre es vernünftig, sich was überzuziehen. Aber Tessi und ich, wir beißen die Zähne zusammen und stellen uns unter die drei Blutbuchen. Da lehnen wir uns gegen die dicken Stämme, zittern und glotzen in die Dunkelheit hinaus.

Es ist zehn Uhr, als Mama mit Scheinwerferlicht über den Vorplatz gebrettert kommt und mit der Karosserie einen weiß lackierten Begrenzungsstein mitnimmt. Tessi und ich hocken oben im offenen Fenster und rufen leise zu ihr runter, als sie aus dem Auto springt: «Haaallooo!» Mama guckt nach oben, wir winken runter.

«Warte, wir kommen.»

Wir rutschen von der Fensterbank ins Zimmer, ich grabsche mir meine Tüten, Tessi ihren Schreibblock, damit Mama da eine Entschuldigung für die Kunklige draufkritzeln kann. Die liegt bestimmt schon im Bett, da muss man ja nicht mehr stören.

Leise auf Zehenspitzen gehen wir nach unten, schieben vorsichtig den schweren Eisenriegel zurück und öffnen die Tür. Da steht Mama im gelben Licht der Laterne, lächelt fröhlich, ihre Augen leuchten.

«Mensch, hier war ich doch schon mal mit Papa. Das ist bestimmt schon zwanzig Jahre her. Da haben wir an einer Tagung für Landschaftspfleger teilgenommen.»

«Echt?»

«Mama, könntest du noch für Frau Kunkel auf einen Zettel schreiben, dass du mich abgeholt hast?»

«Weiß Frau Kunkel noch gar nicht Bescheid?»

«Nee.»

«Wieso das denn nicht? Ich dachte, die Angelegenheit ist geklärt.»

«Ich wollte es ja klären, aber dann hatte ich Angst, dass sie mich anscheißt.»

«Ja, aber ich kann dich doch nicht einfach mitnehmen. Frau Kunkel hat schließlich die Aufsichtspflicht.»

«Darum sollst du ihr ja einen Zettel schreiben.»

«Das ist doch wohl unmöglich. Wenn, dann spreche ich selbst mit ihr.»

«Die schläft bestimmt schon.»

«Nee, aber solche Sachen mache ich nicht.»

«Bitte, Mama. Ich drehe sonst durch.»

«Setz dich ins Auto! Tessi, du zeigst mir das Zimmer von Frau Kunkel.»

«Okay.»

«Tschüs, Tessi.»

Wir umarmen uns, und Tessi verschwindet mit Mama im Haus. Ich setze mich auf der Beifahrerseite ins Auto, und irgendwie ist es albern, dass Mama für mich zur Kunkligen geht, um mich abzumelden. Nächstes Mal sollte ich das selbst machen. Mich wundert bloß, dass Mama keine Hemmungen hat, bei der Kunkligen anzuklopfen. Die hat doch sonst immer Hemmungen und muss hundert Jahre überlegen, welches die geschickteste Vorgehensweise wäre, um niemanden zu verärgern. Vor lauter Überlegen wird sie dabei immer ganz nervös und kriegt blaue Lippen. Jetzt wirkte sie aber fast sportlich auf mich, so, als würde sie sich richtig freuen, mit der Kunkligen zu dieser nachtschlafenden Zeit ein kleines Pläuschchen zu halten. Merkwürdig. Sehr merkwürdig. Vielleicht hat Mama die Autofahrt gut getan, wie so eine Art Befreiungsschlag. Kann doch sein. Ich meine, Mama hat in ihrem Leben noch nie etwas ohne Papa unternommen, höchstens die heimlichen Besuche bei Rita.

Nach und nach gehen im Kloster die Lichter aus, nur in Tessis und meinem Zimmer brennt noch Licht. Ich frage mich, was Mama so lange bei der Kunkligen macht und warum Tessi nicht einfach wieder runterkommt, um mir Gesellschaft zu leisten. Ich steige mal kurz aus und rufe leise zu ihr hoch. Vielleicht hört sie mich ja und kann Auskunft geben, wo Mama bleibt.

«Täääassiii? Tääässiiiii!»

So ein Scheiß, die hört mich nicht. Ich kann doch hier nicht so rumbrüllen, dass alle aus ihren Betten fallen. Ich probiere es nochmal eine kleine Nuance lauter.

«Täääässiiiii! Tääääässiiiii!»

«Ja?»

«Was ist denn da oben los? Wo bleibt denn meine Mutter?»

«Keine Ahnung. Ist die noch nicht wieder da?»

«Nee. Und was machst du da oben?»

Tessi beugt sich noch ein Stückchen weiter aus dem Fenster und flüstert runter.

«Der Zivi ist da.»

«Was?»

«Der Zivi ist da.»

«Bei dir?»

«Ja!»

«Was will er denn von dir?»

«Nichts. Der will was von Carmen.»

«Und warum hockt der dann bei dir rum?»

«Kann ich dir jetzt nicht sagen.»

«Wieso nicht?»

«Weil … weil …»

«Ja?»

«Weil er direkt hinter mir sitzt.»

«Ist er wegen Carmen fertig, oder was?»

«Ja. Ich wollte gerade nochmal zu dir runter, da …»

«Schon klar. Erzählst du mir später.»

«Ja, mache ich.»

«Bis dann.»

Tessi zieht ihren Kopf plus Oberkörper zurück ins Zimmer, und ich setze mich wieder ins Auto. Ich frage mich echt, was Mama bei der Kunkligen treibt. Sie weiß doch, dass ich weg will. Barrys Party ist bestimmt schon in vollem Gange, und wenn wir hier nicht bald aufbrechen, ist die vorbei, bevor wir überhaupt auf der Straße sind. Außerdem hocke ich nachts nicht gern alleine im Auto, weil ich mir vorstellen muss, wie plötzlich ein Massenmörder ganz dicht neben meinem Kopf an die Scheibe klopft.

«Lelle?»

«AAAAH!»

«Ich bin's doch nur. Mama.»

«Mann, hast du mich erschreckt.»

Ich mache Mama die Fahrertür auf, mein Herz schlägt wie bescheuert. Mann. Gerade stelle ich mir vor, wie so eine fiese Fratze an die Scheibe hämmert, und prompt spielt Mama ihren Einsatz. Schocking! Echt Schocking.

«Wo warst du denn so lange?»

«Bei Heide.»

«Hä?»

«Bei Heide Kunkel.»

«Gab's Ärger?»

«Ganz im Gegenteil. Wir haben uns sehr gut verstanden.»

«Was?»

«Wir haben festgestellt, dass wir beide auf die gleiche Grundschule gegangen sind.»

«Echt?»

«Ja! Und ihr Bruder war mit Tante Ulla zusammen.»

«Quatsch!»

«Doch! Stell dir vor: Heide war bei uns damals zu Hause. Ich kann mich noch genau daran erinnern.»

«Ist ja irre!»

Es dauert ewig, bis Mama den Zündschlüssel ins Schloss gefummelt kriegt. Endlich hat sie ihn drin, dreht ihn um, und wir holpern mit einem ordentlichen Satz nach vorne.

«Hoppala.»

Mama rührt wild an der Kupplung herum, tritt aufs Gas, und dann kratzen wir zurück über den weiß lackierten Begrenzungsstein. Das macht ein ganz ungutes Geräusch, so, als würde uns der Motor unter dem Arsch wegrasiert werden. Aber Mama tangiert das gar nicht. Die ist richtig gut drauf, tritt das Gaspedal ordentlich durch, und wir fliegen mit Fernlicht über die Felder, auf die Autobahn. Da gibt Mama richtig Gummi.

«Herrlich!»

«Was?»

«Autofahren ist herrlich. HERRLICH!»

«Hast du Papa überhaupt gefragt, ob du das Auto nehmen darfst?»

«Nein. Ich habe es mir einfach genommen, und ich finde es herrlich!»

«Und wenn er es merkt?»

«Soll er doch! Das Auto gehört uns beiden.»

«Wieso? Das ist doch Papas.»

«In einer Ehe teilt man alles.»

«Das ist ja ganz neu.»

«Ja-ha, aber gut. Herrlich! Herrlich! Was für ein schöner Ausflug!»

«Und was hat die Kunkel dazu gesagt, dass du mich abholst?»

«Hat sie schade gefunden.»

«Das sagt die nur, weil ihr zusammen in die Grundschule gegangen seid.»

«Das glaube ich nicht. Sie mag dich wirklich gerne.»

«Und warum schreit sie mich dann immer so an?»

«Weil du nicht aufpasst und dein Talent verschenkst. Trotzdem findet sie schade, dass du nicht geblieben bist. Sie hatte nämlich ein Solo für dich vorgesehen.»

«Quatsch.»

«Doch!»

«Hat sie das gesagt?»

«Ja!»

Wahnsinn! Endlich bin ich am Ziel und merke es nicht. Das Solo kann ich natürlich vergessen. Ohne es zu wissen, habe ich es Marcel geopfert. Die Frage ist: Wäre ich dafür im Kloster geblieben? Das ist echt eine religiöse Frage: Zölibat oder Sex. Auf jeden Fall ist es gut zu wissen, dass Frau Kunkel mich mag, obwohl ich es immer noch nicht so richtig glauben kann. Aber sie scheint Mama gut zu tun, das ist die Hauptsache. Vielleicht kriegt Mama so mal ein bisschen Abstand zu Rita. Sie braucht jemanden, mit dem sie sich austauschen kann, von Frau zu Frau, und da ist die Kunklige bestimmt geeigneter. Ich meine, im Gegensatz zu Rita hat die echt was im Kopf. Rita redet ja immer nur über die körperlichen Ereignisse ihrer Töchter.

«Stört es dich, wenn ich eine rauche?»

«Nein. Mach aber das Fenster auf.»

Mama lacht, und ich kann es nicht fassen, dass das meine Mutter ist, die sonst immer heulend auf meiner Bettkante sitzt. Ich wünschte, Papa könnte sie so sehen, wie sie hier mit mir, total souverän, über die Autobahn schießt. Ich schwöre, der würde seinen Augen nicht trauen.

Mama setzt mich an der Kirche ab, weil ich ihr gesagt habe, dass die Party in dem blauen Haus an der Ecke stattfindet. Da, wo in der vierten Etage das Licht brennt. Sie muss ja nicht unbedingt wissen, dass ich vorhabe, mich gleich durch die benachbarten Schrebergärten am Kanal zu schlagen. Da ist mit Sicherheit kein Licht an, höchstens so eine kleine Schrebergartenfunzel, die wird mir aber auch nicht weiterhelfen. Zum Glück hat Mama keine Ahnung von meinem Vorhaben, hinterher bietet sie mir noch an, mich zu begleiten. Darauf kann ich echt verzichten, auch wenn sie gerade so einen jugendlichen Eindruck macht.

«Danke, Mama.»
«Viel Spaß mein Kind.»
«Werde ich haben.»

Ich haue die Tür zu, und Mama braust mit meinen zwei Tüten die leere Straße hinunter. Alle Ampeln sind auf Grün geschaltet, bald ist sie außer Sichtweite. Jetzt kann ich losmarschieren, am blauen Haus vorbei. Mir wäre es wirklich recht, wenn dort oben die Party stattfinden würde, ich habe nämlich überhaupt keine Idee, wo genau die Schrebergartenkolonie sein könnte. Auf jeden Fall muss ich erst mal die Kastanienallee runter. Am Ende geht eine Fußgängerbrücke über den Kanal, und dahinter müsste die Kolonie sein. Unter mir fließt gemächlich das Wasser, glitzert im Licht der Straßenlaternen, und immer, wenn ich über einen Fluss oder Kanal gehe, denke ich an die Geschichte, die ich mit 13 im Urlaub gelesen habe: Ein Mädchen wird nackt und tot in der Nähe von einem Flussufer gefunden, vom Bürgermeister ihres Heimatdorfes ermordet. Dieses Bild bin ich bis heute nicht mehr losgeworden, weswegen ich die Sache mit Flüssen und Kanälen etwas zwiespältig sehe. Man weiß ja nie! Zum Glück ist dieser Kanal nicht sehr breit, sodass ich schnell drüben auf der anderen Seite bin. Dort sieht es allerdings auch nicht sonderlich erquicklich aus, kein einziges Wohnhaus gibt es hier, die Schrebergärten liegen direkt vor mir, und es sind mehr, als ich gedacht hätte. Bestimmt 1000 Gärten hinter Maschendrahtzaun, zwei erleuchtete Eingänge, mit einem Rundbogen aus Draht, an dem sich Klematis hochranken.

Ich nehme den rechten Eingang, gehe zwischen den Gärten den gekiesten Weg entlang. Ab und zu steht eine Laterne am Wegesrand, von der Kastanienallee ist ein vorbeifahrendes Auto zu hören. Sonst nichts. Ich hatte ja gehofft, ich würde Barrys Garten sofort durch sehr laut aufgedrehte Musik finden. Aber nichts, nichts ist zu hören. Über den Beeten und kleinen Lauben hängt nebliges gelbes Licht, und ich quäle mich in meinen Sommerschühchen, die an den Fersen reiben, voran. Ich bin echt in der Hölle, auf dem Weg zu Marcel. Noch habe ich die Hoffnung, dass da irgendwo am Ende der Kolonie die Party ist. Diese Hoffnung treibt mich vorwärts, immer weiter in diesen Irrgarten hinein. Ich sage nur: Und ob ich schon wanderte im finsteren Tal, fürchte ich kein Unglück, denn du bist bei mir, dein Stecken und Stab trösten mich. Psalm 23. Haben wir damals im Konfirmandenunterricht auswendig gelernt. Manchmal braucht man einfach jemanden, der weiß, wo es langgeht. So, wie ich früher immer geglaubt habe, dass Mama alles unter Kontrolle hat. Ich dachte echt, die ist so mächtig wie Gott. Aber das denke ich schon lange nicht mehr, und es wäre gut, wenn jemand anders diese Rolle in meinem Leben übernehmen würde. Zum Beispiel Marcel. Schließlich hat er diese relativ breite Brust.

Leute, jetzt bin ich überall langmarschiert, habe systematisch die Anlage durchkämmt. Nun kann ich mit Sicherheit sagen: «Hier findet keine Party statt.» Mir reicht's! Meine Füße brennen, und Mama hat leider auch Recht, wenn sie sagt: «Kinder, schmeißt euch den Männern nicht so an den Hals, sie werden es euch nie danken.»

«Babe?»

Mir bleibt das Herz stehen! Neben mir kommt jemand aus dem Gestrüpp gekrochen und schleudert seine langen Haare nach hinten.

«Barry!»

«Was machst du denn hier?»

«Ich … ich suche Marcel.»

«Falsche Adresse. Komm mit!»

Er grabscht nach meiner Hand, und ich humple hinter ihm her, über den Kies in Richtung Ausgang.

«Was gehst du denn so komisch, Babe?»

«Meine Fersen sind hinten ganz aufgerieben.»

«Soll ich dich tragen?»

«Nee, geht schon.»

«Ach, quatsch nicht rum, spring auf!»

Barry geht in die Hocke, und ich klettere auf seinen glatten Lederjacken-Rücken. Leute, das ist so albern, vor allen Dingen, weil überall seine frisch gewaschenen Haare rumfliegen und ordentlich nach Aprikose duften.

«Bist du oben, Fliegengewicht?»

«Ja.»

«Dann kann's ja losgehen.»

Er greift um meine Oberschenkel, ruckelt mich zurecht, so wie Papa das das letzte Mal vor fünfzehn Jahren auf einer langen Wanderung gemacht hat, und dann geht es links an den Schrebergärten vorbei, bis in einiger Entfernung ein Lagerfeuer in einer grasbewachsenen Kuhle zu sehen ist.

«Da vorne ist es.»

«Ich dachte, ihr feiert im Schrebergarten deiner Mutter.»

«Ja und?»

«Nur so.»

Wir klettern den grasbewachsenen Abhang hinunter zum Lagerfeuer, wo eine Menge Leute stehen und leise Musik spielt. Auf so einer Festivität war ich noch nie, aber es macht einen guten Eindruck, wie hier ums Feuer gestanden, geraucht und getrunken wird. Wie in Woodstock oder so, vor allen Dingen, weil schon wieder alle lange Haare haben. Ich nehme an, es wird nicht ganz leicht, Marcel zu finden. Barry lässt mich runter, bleibt hinter mir zurück. Irgend so ein Mädchen hängt an ihm dran: «Na, Babe!» Dann bin ich auch schon weg, auf der Suche nach Marcel. Überall liegen leere Bierflaschen, und wenn man nicht aufpasst, stolpert man drüber oder knickt mit dem Fuß um. Wäre Papa hier, würde er sofort anfangen, das Leergut einzusammeln, um es morgen gegen Pfand einzutauschen. Er kann Verschwendung nicht leiden, ich bin mal gespannt, was er sagt, wenn Mama mit leer gefahrenem Tank ankommt. Mann, ist hier viel los! Überall Leute, Leute, Leute und nirgendwo jemand, den ich kenne.

«Haaallooo! Haaallooo!»

Leute, hört ihr das auch? Da ruft jemand, mit so einer ganz leisen Stimme. Hört ihr das? Ich glaube, die Stimme kommt von dahinten, aus dem Gebüsch.

«Haaallooo! Ist da jemand?»

Ich gehe näher ran. Tatsächlich, unter dem Gebüsch liegt ein Junge mit langen Haaren in Lammfelljacke und winkt mir zu. Leute, das ist Marcel! Na, das fängt ja gut an. Wenigstens habe ich ihn gefunden. Marcel streckt seine Arme nach mir aus, ich lege mich hinein, da unten im Gras. Er riecht nach Bier, wir küssen uns. Bis zum Morgengrauen bleiben wir liegen, sehen hinüber zu den übrig gebliebenen Leuten. Wenn mich nicht alles täuscht, steht da Cotsch, neben dem verglimmenden Feuer. Eng umschlungen mit dem Meister.

«Dahinten ist meine Schwester!»

«Das daneben ist mein Bruder!»

Sie winken uns fröhlich zu. Wir sind die Letzten.

Leute, das ist Leben!